KB005860

2018년
허순영입니다.

그대는 할말을

어디에 두고

왔　　　는　　　가

그대는 할말을
어디에 두고
왔 는 가

허수경
산문집

ㄴㄴ〉〈ㄷㄴ

내가 누군가를 '너'라고 부른다.

내 안에서 언제 태어났는지도 모를 그리움이 손에 잡히는 순간이다.

불안하고,

초조하고,

황홀하고,

외로운,

이 나비 같은 시간들.

그리움은 네가 나보다 내 안에 더 많아질 때 진정 아름다워진다.

이 책은 그 아름다움을 닮으려 한 기록이다.

아무리 오랜 시간을 지나더라도……

2018년 7월 1일

허수경

허수경은 지금 서역에 있다. 황폐한 서역땅에서 땅속에 파묻힌 글씨들을 파내어 읽고 있다. 허수경의 산문 문장은 이곳에서도 살 수 없고, 저곳에서도 살 수 없는 사람이 막막한 사막에서 오히려 집에 있는 사람에게 그 글씨들을 한 땀 한 땀 읽어주듯이 그렇게 박혀온다. 더 고독한 사람이 덜 고독한 사람을 품에 안아주듯이 말이다. 그의 문장은 고즈넉하고, 지는 햇빛이 마당을 휘돌아 서향으로 앉은 집 마루로 들듯이 읽는 이의 혀를 감싸고 들어온다. 끝없이 놀림당하는 것이 문학의 실존이라고 말하는 이 시인이 나는 얼른 서역에서 그 글씨들을 다 읽어버렸으면 좋겠다. 그리고 어디에 머무르건 간에 이미 시인 속에 가득 차 있던 약수를 길어 홀연히 우리 앞에 선 그를 만나고 싶다.

—**김혜순**(시인)

허수경이 독일에서 치르고 있는 저 십 년 가까운 고행의 이름과 뜻을 나는 모른다. 자신은 알고 있을까. 그러나 분명히 말하건대 그는 달라졌다. 그리고 달라진 그의 글들은 훨씬 깊고 진실한 얼굴을 하고 있다. 대체 그는 무엇을 한 것일까. 무엇을 대가로 지불하고 그 조숙한 청승으로부터, 형용사적 글쓰기의 오랜 욕망으로부터 이만큼 벗어날 수 있었을까. 그가 목말라하던 '말의 근원' 쪽으로 한걸음 다가서는 일은 곧 죽음에 맞먹는 그 무엇을 한 차례 치르고야 가능하다고 들어온 까닭에, 허수경의 십 년이 이룩한 이 변모 앞에서 나는 다만 매무새를 바로하고 힘겹게 자리를 고쳐 앉아 볼 따름이다.

—**김사인**(시인)

차례

이름 없는 나날들

만일 서울에서 계속 살았더라면, 이 많은 이야기를 나는 친구들에게 했을 것이다. 경숙에게 인숙 언니에게 조은에게 경미 언니에게 이제하 선생님에게 김사인 선배에게 이시영 선생님에게 고향 친구들에게 어머니에게 언니에게…… 함께 말을 나눌 사람이 없던 나날 동안, 그러니까, 내가 '이름 없는 나날'이라고 부르는 이 나날 동안 나는 혼자서 먼먼 그들에게 말을 걸었다. 외로운 저녁이면 함께 만나서 밥을 먹고 깔깔거리고 걱정 나누고 했던, 서울 사는 육 년 동안 만났던 그이들. 그이들이 있어서 좋았던 그 저녁을 위하여, 그 저녁을 위하여 나는 살아가면서 끊임없이 잔을 올려야 하리라.

마당 있는 집

마당이 있는 집으로 이사를 하고 난 뒤, 한동안 나는 마당에다 꽃이나 약초나 채소 들을 심는 데 열중했다. 꽃도 꽃이지만 우리나라 채소들을 심어서 먹고 싶었다. 교포 아주머니에게서 얻은 미나리와 깻잎, 고추와 갓을 나는 마당 한 귀퉁이에다가 심었다. 기다렸다. 갓에서 싹이 나오고 깻잎이 자라고 고추에 작고 흰 꽃망울이 달리기 시작할 무렵, 우박이 내렸다. 갓김치에다, 깻잎장아찌에다, 고춧잎무침을 먹어보리라고 기대에 잔뜩 부풀었던 나는 우박이 내리고 난 뒤 마당 귀퉁이에 서서 울었다. 울화가 치밀었다. 약이 올랐다. 모든 게 다 꿈이었다. 그렇게 그런 것들이 먹고 싶으면 그곳으로 가면 되지 않는가. 이곳에서 사는 게 다 꿈이었고, 그곳으로 가는 것도 다 꿈이었다. 붙잡힌 영혼이여, 몸이 무거운가, 왜 이곳에서 그곳으로 선뜻 움직이지 못하는가.

동화라구요?

그림 형제가 수집한 동화는 말이 동화이지 사실 좀 끔찍한 이야기가 많이 담겨 있다. 동화라니, 천만에! 마녀가 나타나 갓 태어난 아이를 데리고 가서 탑에 가두어놓는 것은 얼마나 끔찍한가. 먹을 것이 없어서, 아이들을 잡아먹는 마녀가 사는 숲속에 자신의 아이들을 버리는 것은 또 어떠한가. 가끔 제과점 앞을 지나면서 과자로 구운 작은 집이 진열되어 있는 것을 볼 때마다 굶주린 아이들을 과자집으로 유혹하는 마녀의 얼굴이 떠오른다. 동화가 아니라 끔찍한 이야기인 것이다. 이웃집 약국 여인에게서 들은 이야기를 기록하는 그림은 정말 이 이야기를 아이들에게 읽히고 싶었을까. 그게 아니라면 그때의 아이라는 개념과 지금의 아이라는 개념이 다른가. 그러나 얼마나 많은 아프리카의 아이가 지금도 전쟁터를 어슬렁거리는가.

정원사의 영혼

새가 콩닥거리며 마당에서 흙을 쪼고 있다. 흙을 쫄 때마다 새의 머리가 후드득 들랑달랑한다. 작은 발이 지나간 곳마다 발자국이 생긴다. 검은 깃털에 노란 부리를 가진 새. 이곳 사람들은 마당에 새가 있는 것을 보면 그전에 이 마당을 가꾸던 이의 영혼이 온 거라고 말한다. 이 마당을 가꾸던 어떤 사람…… 이런저런 이유로 집을 떠났거나 혹은 더이상 이 지상에 없는 마당을 가꾸던 사람, 그 사람의 영혼이 오늘 이 마당을 가꾸는 사람에게로 와서 콩닥거린다. 후드득, 거리며 흙을 쫀다. 마당의 젖은 흙에 사는 지렁이여, 오늘, 당신을 공양해야 하는지도 모릅니다.

꽃밥

진주에는 아주 맛난 음식이 많지만 내가 기억하고 있는 한 가지 맛난 것. 진주비빔밥. 그 밥을 진주 사람들은 꽃밥이라고 불렀다. 색색의 갖은 나물에다가 육회를 고명으로 올리는 그 음식이 하도 보기가 좋아서 그렇게 불렀던 것 같다. 노모가 사는 집 근처에는 시장이 있고, 그 시장 한가운데에 비빔밥집이 있다. 노모와 나는 그 밥을 마주앉아 먹었다. 둘 다 육회를 좋아하지 않았지만 보기가 좋아서 밥 주시는 아주머니에게 그냥 두라고 부탁했다. 꽃밥 사이에서 우리는 마주앉아 있었다. 노모는 노모라서 보기 좋은 것을 좋아하고 나는 그의 딸이라 또 그러하고, 햇빛이 어수선한 시장의 난전으로 들어오는 것을 엉금엉금 보면서 우리는 꽃밥을 먹었다.

막걸리 속의 꽃잎

진주에서 국문과 학생으로 지낼 때 나는 벗들과 함께 막걸리를 마시러 '예하리'라는 데를 자주 갔다. 그곳에는 아주 허름한 가게가 하나 있었는데, 막걸리와 막걸리에 곁들여 깍두기를 파는 곳이었다. 그곳에서 막걸리를 사서는 들판으로 갔다. 들판에는 벚꽃이 흐드러지게 피었고, 우리들이 가져간 양은 주발에도 꽃잎은 졌다. 동동 떠오르는 꽃잎을 불어가며 우리는 막걸리를 마시고 오후에 있는 수필 문학 강의에 들어가지 않았다. 그 벗들, 들판의 꽃과 막걸리 향에 울던 벗들. 별 까닭 없이 설움에 잠기던 그 시절, 그 벗 가운데 몇은 감방에 가기도 했고 또 몇은 마산으로 부산으로 노동조합을 만드는 일을 하러 가기도 했다. 그때 우리 주머니가 좀더 넉넉했더라면 막걸리 주전자를 한번 더 채울 수 있었으련만.

가네쉬의 코끼리 머리

가네쉬는 코끼리 머리를 가진 힌두교의 신이다. 그의 아버지 시바는 실수로 그의 머리를 싹둑 잘랐다. 머리는 히말라야 산 아래로 굴러내려갔다. 아들을 살리기 위해 시바는 코끼리 머리를 베어 아들의 몸 위에 앉혔다. 가네쉬는 방해물들을 제거하는 신이며 그가 좋아하는 것은 달콤한 것들이다. 연구소가 있는 거리에 히말라야 근처에서 수입해온 물건을 파는 상점이 문을 열었을 때, 새로 단장한 진열장 안에는 놋으로 만든 가네쉬가 앉아 있었다. 나는 마침 주머니에 들어 있던 초콜릿을 가네쉬에게 들이밀었다. 가네쉬가 나라는 인간 앞에 놓인 방해물들을 지울 리는 없겠지만 방해물들을 없앤다는 귀여운 힌두의 신이랑 말을 트고 싶었던 것이다. 그렇지, 다음엔 꿀빵을 좀 사야겠구만!

작은 사람

　아현동에 아직도 실천문학이 있었던 시절, 나는 서울에 간 김에 시집 원고를 들고 그곳을 찾아갔다. 주간이었던 송기원 선생을 만나기 위해서였다. 등단을 막 하고 난 뒤였다. 양옥집을 개조해서 출판사 사무실로 사용했던지라 나는 신발을 벗어두고 송기원 선생 사무실로 들어갔다. 한참 마주앉아 이야기를 하는데, 출판사로 들어오시던 어떤 선생님이 안쪽을 향하여 어이, 하시더니 "오늘 어린아이 데리고 온 사람 있어?" 하셨다. 내 신발을 보신 것이다. 운동화였다. 키가 작으니 신발도 작을 수밖에…… 그후로 어딘가에 가서 신발을 벗어야 할 때면 눈에 잘 띄지 않는 구석지에 신발을 벗어두었다.

　방송국에서 일을 할 때 나는 방송국으로 들어갈 때 필요한 출입증을 종종 잊어버리고 가져가지 않았다. 수위실 앞에서 아무리 어디어디에서 일하는 스크립터라고 해도 수위 아저씨들은 믿지 않았다. 수위 아저씨 가운데 한 분은 나에게 그러셨다. "오늘 공개 방송 없어. 학교에 다시 가." 같이 일하는 피디가 나를 데리러 수위실까지 직접 내려오는 일까지 있었다. 그러면 수위 아저씨들은 피디를 멀끄러미 바라보았는데, 그 표정 속에는 '일을 하려면 제대로 된 사람하고 좀 하지……' 하는 빛이 역력했다. 나는 키가 작았으나, 그때 킥킥거리며 수위 아저씨에게 '메롱'을 할 만큼은 되었다.

늙은 학생

늙은 학생을 한 명 알고 있는데 그는 이십 년 동안 학생이었다. 배우고 배우고 또 배우는 것이 그의 삶이었다. 그의 집에는 라디오도 텔레비전도 전화도 없다. 그는 그 텅 빈 집안에서 배우고 정리하고 분석하고 분석한 것들을 정리한다. 이십 년 동안 세상은 참 많이 바뀌었으나 그는 다이애너가 죽은 것도 미국에 거대 테러 사건이 난 것도 아프가니스탄에 전쟁이 터진 것도 모른다.

그가 아는 것 두 가지,

자신이 살아 있다는 것, 그리고 오늘도 배울 것이 있다는 것.

그의 집 부엌 안에 살고 있던 작은 쥐 한 마리가 고픈 배를 움켜쥐고 그를 바보라고 욕하다가 드디어 그 부엌을 떠났다. 배우면서 그는 혼자이다. 그러나 그는 알고 있다. 오늘도 배울 것이 있다는 것을…… 바보이고 바보이고 바보인 그 늙은 학생이 오늘 죽었다. 아무도 그의 관을 짜지 않을 것이다.

　단 한 번도 자기 외에는 남을 책임져보지 않은 그를 위하여 나는 오늘 포도주 한잔.

입맛

고향에서 유럽까지 출타하신 선생님이 하도 밥 밥, 된장 된장 하셔서 나는 기숙사에서 그 음식을 만들었고 선생님은 그 음식을 기숙사 식당에서 드셨다. 그러곤 된장을 사서 먹는다고 야단을 치셨다. 나는 선생님을 바깥으로 내쫓고 싶은 마음을 간신히 누르고 선생님께 숭늉을 드렸다. 선생님은 또 밥이 덜 눌었는데 숭늉을 끓였다고 뭐라뭐라 구시렁구시렁거리고 계셨다. 순간, 아! 하는 것, 이곳에서 살면서 나는 얼마나 나를 고집하고 있었던가. 내 미뢰가 가는 대로, 내 손끝의 신경이 가는 대로, 내 뇌세포 말단에 앉아 작은 신경이 기억하고 있는 아주 작은 모래 같은 기억까지 끄집어내어 우물우물 씹고 있었던가. 나는 다시 기분이 나아졌다. 선생님과 나는 기숙사 부엌에 앉아 과일을 먹으며 이 나라 과일이 얼마나 맛이 없는지 잔뜩 흉을 보았다.

썩어가는 쇠고기, 찢긴 인형

베니스에서 열린 거대한 미술 축제에 다녀온 선배는 행위예술을 하는 두 그룹에 대해 이야기했다. 한 그룹은 중국에서 온 젊은 그룹이었다. 그들은 미술 축전 한가운데에 쇠고기를 몇 톤이고 쏟아부어놓고는 그 고기들이 썩어가는 것을 지켜보게 했다. 고기가 썩어나가는 메타포는 풍요에 지쳐 썩어가는 소돔과 고모라의 문명을 뜻하는 것이리라. 그 미술 축전에 참가했던 많은 사람은 고기가 썩어가는 것을 보면서 풍요의 그늘에 치를 떨었다. 또하나의 그룹은 한 여성만으로 만들어졌다. 그이는 어릴 때 아버지에게 성추행을 당한 경험이 있는 여성이었다. 그 여성은 작은 전시실 안에서 인형을 갈가리 찢어발겨대고 있었다. 어린 시절의 상처를 발기고 있었던 것이다. 상처야 어디 사라지겠는가. 오오, 평안한 일상이 빚어낸 죄여, 어린 딸을 벗기는 아버지여, 그대는 할말을 어디에 두고 왔는가.

대구 촌놈, 코스모폴리탄

아주 존경하는 선배 두 분이 오셔서 나는 그 두 분을 모시고 베를린으로 갔다. 한 분은 영화감독이고 한 분은 시인이었다. 그분들이 거느린 직함이야 거창하지만 그 거창함을 다스리는 그분들의 겸손함을 나는 한없이 사랑했다. 유레일패스를 끊어서 오신 터라, 그분들은 기차는 일등석에 탔지만 정작 그놈의 돈이 많지 않아 일등석에서도 식빵으로 끼니를 때우고 계셨다. 베를린으로 가는 기차 안. 나는 이 유럽 땅에서 기죽어 사는 내 처지를 하소연했다. 영화감독, 사실은 옛 소설가인 선배 말이, "걱정 마. 내가 대구 촌놈으로 서울 가서 재수할 때, 재수 학원 다닐 때 말이야. 서울 애들, 학원이 끝나고 난 뒤에 지들끼리 어디론가 사라지는데 대단한 것 같더라구. 어디로 가는지, 멋진 곳으로만 가는 것 같더라니까. 몇 달 지나고 나니까 다 알겠어. 어디로들 사라지는지⋯⋯ 당구장 아니면 극

장, 극장 아니면 술집. 걱정 마, 우리는 다 똑같아. 삼시 세끼,
밥 포기 못하는 이상 똑같어, 우리들은". 평화주의자, 평등주
의자, 선배여, 그대가 옳다.

노란 잠수함

비틀스를 사랑하는 많은 이는 아마도 그들이 만든, 〈노란 잠수함〉이라는 기괴한 음악 영화를 보았을 것이다. 음악이 언제나 넘실거리는 곳에 푸른 손 집단이 침략하여 그들에게서 음악을 빼앗을 때, 후추 대령은 노란 잠수함을 타고 도움을 청하는 여행을 한다. 음악을 빼앗긴 나라, 가시가 돋은 거대한 푸른 손이 회색의 표정을 한 사람들 사이를 떠돌며 그들을 감시할 때, 어디엔가 먼 곳에서는 우리를 구할 노란 잠수함이 난다. 노란 잠수함이……

다시 그 영화를 들여다보면 냉전 당시의 철의 장막이 떠오르고, 비틀스가 만들어낸 그 푸른 손의 집단은 곧 사회주의자 집단이라는 것이 짐작된다. 영국 자유주의자들이 만들어낸 사회주의자들의 그림, 끔찍하다.

아픈가, 우리는?

아동 포르노를 인터넷으로 팔아먹던 사람들이 모스크바에서 적발된 날, 나는 모스크바의 붉은 광장을 떠도는 거지들에 대한 다큐멘터리를 보았다. 빵 없는 삶들이여. 그 삶들을 바라보고 있으면 프랑스 사실주의 작가들이 그린 세계들이 그렇게 사실적일 수가 없다. '죄'라는 것에 대한 아무런 의식이 없는 상태, 수치에 대한 아무런 마음의 준비가 없는 상태…… 빈곤이 빚어낸 이런 무의식을 나는 잘 소화해낼 수가 없다. 마치 마이클 잭슨이나 셰어 같은 미국 흥행의 대가들이 몇억을 들여 제 몸을 뜯어내며 그들이 가진 인종의 정체성을 돈으로 부인하는 것을 바라볼 때 구역질이 나는 것처럼.

아픈가, 우리들은?

오래된 허기

새벽에 일어나서 커피를 한잔 끓여 마시고 그길로 제일 일찍 오는 버스를 타고 연구실로 매일 간 적이 있다. 아무도 없는 연구실의 도서관. 오래된 책들 사이에서 나는 먼지 냄새 같은 걸 맡으며 백년도 훨씬 전에 나온 책들을 읽었다. 아직 해는 뜨지 않았고, 간간이 지나가는 차 소리…… 대개 아주 오래된 발굴 보고서들이었다. 어느 날 그 책 가운데 하나에서 사진을 한 장 발견한 적이 있다. 1902년에 이라크로 답사를 떠났던 한 고고학자가 찍은 사진이었다. 그 사진 안에는 배가 이만큼 부른, 긴 머릿수건을 쓴 여인네가 쪼그리고 앉아 구리로 만든 넓적한 솥뚜껑 같은 데다가 아주 평평한 빵을 굽고 있었다. 1902년에 구워진 빵들이여, 그대들이 한 백년 넘은 내음을 풍기며 지금 이 도서관으로 나의 허기를 찾아오는가.

베트남 요리책

이
문
재

시
인
에
게

○

서점에 잠시 들렀다가 베트남 요리책을 한 권 샀습니다. 은은한 푸른빛 레몬잎 위에 맛깔스럽게 구운 닭이 겉표지를 장식하고 있는 베트남 요리책. 서점을 나오니 사납게 소낙비가 내리고 있었습니다. 잠시 소낙비를 긋느라 서점 처마 아래 서 있다가 요리책을 펼쳤습니다.

나의 아버지는 일요일이면 우리가 일어나기를 기다려 이 음식을 준비했다. 닭고기를 삶아 국물을 내고 페퍼민트 이파리와 마늘을 섞은 멸치액젓으로 양념장을 만들고 쌀로 만든 국수를 섞은 이 음식을 '포'라고 부른다.

소낙비가 그쳤습니다. 버스 정류소로 가서 버스를 기다렸습니다. '포'라는, 닭고기 국물에 만 쌀국수. 버스안은 후텁지근했고 소낙비를 맞은 축축한 사람들이 더운 김을 뿜어내며 앉아 있었습니다. 여름은 가득히 이 작은 도시를 채우고 있었습니다. 차창으로는 비를 맞고 잠시 창창해진 나무 이파리들이 지나가고, 들판을 지나면서는 군데군데 탐스럽게 핀 양귀비꽃…… 갑자기 허기가 밀려왔습니다. 요리책을 쓴 사람은 진짜 베트남 사람인 모양입니다. 음식을 소개하는 목소리가 들리는 듯합니다. 요리책 두번째 쪽을 펼쳤습니다. 잘 찍은 사진 한 장. 사이공 시내에 있는 공원, 소풍을 나온 가족이 환한 얼굴로 대나무 도시락에 담긴 음식을 먹고 있었습니다.

버스에서 내려 집을 향하여 걷다가 마음을 바꾸어 슈퍼마켓이 있는 길 건너편으로 발걸음을 옮겼습니다. 평소 같으면 토요일에 일주일 치 장을 봐다가 냉장고 안에 재워놓고 한 주일을 야금야금 파먹곤 했어요. 오늘은 수요일, 그런데 갑자기 장을 보러 갈 마음이 생겼어요. 배추 한 통과 파 한 단 그리고 돼지고기 육백 그램을 사서 가방에 집어넣었습니다. 마늘과 오이와 풋고추와 상추도 샀어요. 지갑을 들여다보았습니다. 아직 돈이 남아 있어 맥주도 두 병 샀습니다.

집에 돌아오자마자 배추를 뚝뚝 분질러 소금에 이겨서 부엌 한쪽에 밀어두고는 마늘과 양파를 넣고 돼지고기를 삶기 시작했습니다. 양념통이 들어 있는 찬장을 열어보았습니다.

고수씨 가루, 계피 가루, 회향, 별 모양 아니스, 카다몸, 바질리쿰, 오레가노, 아스트라곤, 레몬 뿌리 가루……

이 많은 양념을 언제 다 사서 모아두었는지. 옛날에는 양념

때문에 전쟁까지 했다는데, 지금 여기서는 이런 양념을 쉽게 구할 수가 있어요. 독일인들은 음식에 양념을 많이 집어넣지 않는 편입니다. 이 양념들은 대부분 지중해 지역이나 북아프리카나 동아시아에서 수입되어 온 것입니다. 독일보다 못사는 나라에서 들어오므로 양념값은 아주 쌉니다. 가끔 시장에 나갔다가 이런저런 기회가 생길 때마다 양념들을 샀나봐요. 마치 책이 꽂힌 서가처럼 부엌에 있는 찬장에는 양념들이 빼곡히 들어앉아 있어요.

다시 요리책을 펼칩니다. 베트남 사람들이 먹는 음식들은 아주 정갈합니다. 이 나라 사람들도 우리처럼 그렇게 멸치젓갈 먹기를 좋아하는지 요리법에는 멸치젓갈이 빠짐없이, 그러니까 약방의 감초처럼 그렇게 들어가 있어요. 마늘도 마찬가지구요.

언젠가 수메르어 수업 시간이었습니다. 우리들은 그때 기원전 3000년경에 쓰인 농산물 수확량에 관한 문서를 읽고 있었습니다. 수메르인들은 마늘을 아주 많이 먹는 사람들이었습니다. 수메르어로 마늘은 "숨sum"이라고 불립니다. 숨 수확량이 빼곡히 적힌 복사 점토판을 들여다보면서 저는 문득 어머니 생각을 했습니다. 가을이면 어머니는 마늘을 몇 접이고 사들이고는 했지요. 김장에 필요한 마늘, 한겨울에 쓸 마늘을 한꺼번에 장만하는 겁니다. 가을, 삭아들어가는 볕에 앉아 어머니는 그렇게도 달갑게 마늘을 다듬었지요. '육쪽 마늘'이라는 살가운 낱말을 아직 기억하고 있습니다. 어린아이의 손가락 같은 맑은 마늘이 가을 햇빛에 드러날 때마다 그 가녀린 살에서 쏟아져나오는 아린 숨결. 어머니는 손가락 끝이 아려들도록 마늘을 까곤 했습니다.

　가을이면 어머니는 젓갈을 달이곤 했어요. 말간 젓국을 얻기 위해서였지요. 젓갈을 달이는 날이면 집안 가득 젓갈 냄새가 기승을 부리곤 했어요. 사실 그리 달가운 냄새는 아니었습니다. 어머니는 마당 가운데 화덕을 피워두고는 커다란 양은 솥 한가득 아직 멸치 살이 다 녹지 않은 탁한 젓갈을 부었습니다. 어머니는 그 일을 "가시를 거두는 일"이라고 표현하곤 했습니다. 가시란 생선가시를 뜻하는 것이 아니었습니다. 가시란, 왕소금을 그렇게 뿌렸는데도 덜 절여진 멸치 살에서 나오던 작은 벌레를 뜻하는 것이었습니다. 젓갈이 부글부글 끓어오르면 어머니는 솥을 화덕에서 내려 얼마간 젓갈이 식기를 기다렸다가 고운 창호지를 깐 체를 커다란 유리병 위에 올린 다음 그 위에 젓갈을 부었습니다. 뼈를 가리는 게지요. 유리병 안으로 말간 젓갈이 똑똑 떨어지는 것을 한참 들여다보고 있었던 기억이 납니다. 바다를 힘차게 헤엄쳐 다니던 멸치떼의 시간이 황금빛으로 투명하게 다시 살아나는 것 같았습니다. 집안 가득 힘센 젓갈 냄새가 진동을 하고, 옷이고 머리칼이고 온통 젓갈 냄새가 났습니다. 마늘을 다듬고 젓갈을 달이는 동안 어머니에게서는 무슨 냄새가 났겠습니까. 그건 어머니 냄새였지요. 제가 기억하는 어머니의 냄새는 마늘과 젓갈이 섞인 그런 냄새였습니다.

돼지고기가 다 삶아졌습니다. 건져낸 고기는 베포에 싸서 도마로 눌러둡니다. 물기와 기름기를 다 빼기 위해서지요. 그 사이 배추가 잘 절여졌는지 한번 뒤적여봅니다. 아직 배춧잎은 뻣뻣합니다. 조금 더 놓아두어야 할까봅니다.

다시 요리책을 펴봅니다. 여러 가지 요리법 중에서 하나가 눈에 짚입니다. '돼지족탕.' 돼지족탕이라는 음식은 마치 닭내장탕이나 돼지껍질구이라는 음식 이름을 들을 때처럼 마음이 쓸쓸하면서도 따뜻해집니다. 가난한 사람들의 음식이지요. 돼지 발에 달린 고기가 많으면 얼마나 많겠습니까. 잘 드는 칼로 발라내면 한 입이나 두 입만큼 고기를 거두어낼 수 있을까요? 그러니 탕을 끓여 여러 사람이 나누어 먹기에 넉넉하게 만드는 것이지요. 설렁탕이라든가 우거지탕이라든가 하는 음식들을 가만히 들여다보면 고기가 귀했던 한 시절이 그 속에 녹아 있습니다. 가난한 텅 빈 위장을 따뜻하게 위로하는 음식인 게지요.

가난한 사람들의 음식이란 그러나 가난한 음식은 아닙니다. 가진 것이 별로 없는, 그러나 흥이 많은 이들이 그런 음식들을 기꺼워하며 먹게 마련이지요. 이를테면 가진 것은 없어도 산천경계 좋은 풍경에 잘 취하는 사람들 말입니다. 언젠가 마포를 걷다가 노천에 연탄화로를 내놓고 석쇠에다 돼지껍질을 구우며 소주를 마시는 이들을 보았습니다. 마음에 맺힌 것은 많으나 걸리는 것이 많아 자신의 부아를 쉽게 내놓지 못하는 검게 그은 분들이 오종오종 마주앉아 있었습니다. 불을 켠 자동차가 지나가면서 뭐라뭐라 구시렁거렸습니다. "환경미화 좀 해!!" 검게 그은 분들은 듣는 둥 마는 둥 막 지기 시작하는 노을을 느껍게 바라보았습니다. 돼지껍질이 지글지글 익어가는 것을 물끄러미 보다가 급기야는 나지막하게 노래를 흥얼거리는 분도 있었습니다.

"보옴이이며는 사과아꽃이 하아야얗게 피이어나아고 가을엔 황그음이이삭 무울결치이느은 고옷…… 아 아, 내에 고오

햐앙……"

　나지막하게 익어가는 돼지껍질에 나지막하게 입혀 들던 노래. 가만히 발걸음을 멈추고 몰래 엿듣고 있는 것을 들킬세라 괜히 딴 곳을 바라보는 척하며 그 노래를 들었더랬습니다.

　베트남이라는 나라의 역사나 산수 등등을 저는 잘 알지 못합니다. 다만 그 나라가 백 년 동안 프랑스의 식민지였다는 것, 그 식민지 시절을 겪어내고 또 분단과 그 무서운 전쟁을 겪고도 모두 이겨내며 살아온 나라라는 것 정도를 알 뿐이지요. 가난한 농업국이라는 것, 그곳에 사는 사람들의 임금이 아주 싸다는 것…… 베트남 전쟁 시절 그곳 산림 지역에 뿌려졌던 화학 무기들과 그 무기들의 영향으로 지금도 고생하는 사람들…… 그런 정도를 알 뿐이지요. 어쩌면 그런 거대한 역사들은 이 요리책에는 들어 있지 않을 것입니다. 그러나 과연 그럴까요? 여기 소개되어 있는 다른 요리법 하나, 이름 하여 '프랑스 식민지 스테이크'. 고추기름과 마늘, 검은 식초로 쇠고기를 재운 음식을 그렇게 부른다고 이 책에는 적혀 있습니다. 이 요리 이름에는 '의정부 부대찌개' 같은 음식 이름이 그러하듯 어떤 역사적인 상처가 들어 있습니다. 의정부 부대찌개에 들어가는 햄이나 소시지 그리고 김치, 이 이질적인 맛의 만남은 우리의 한 시절을 돌이켜보지 않고는 이루어지지 않는 것이지요. 운동회나 소풍 때 언제나 우리를 설레게 했던 점심 도시락, 김밥이야말로 얼마나 식민지적인 음식인지요. 일본 마끼의 변형인 이 음식은 그러나 얼마나 끈끈히 우리의 추억을 얽어매고 있던가요. 김밥, 이라고 중얼거릴 때면 저는 직접 겪지 않은 식민지 시절보다는 아침에 일찍 일어나 맑은 쌀로 밥을 짓던 어머니를 먼저 떠올립니다. 한 시절이 지나가고 그 시절 위에 또 한 시절이 덮이면서 음식 문화는 변형되고 자기 운동을 이렇게 하는 것이지요. 베트남 사람들도 그러한지, 요리책에 들어 있는 '프랑스 식민지 스테이크'라는 음식 이름은 한 세대, 두 세대, 또 한두 세대를 거쳐오면서 그렇게 이 나라 사람들의 가슴에 들어온 것일 테지요. 제가 추운 신촌 거리에서 먹던 오뎅 국물을 그리워하는 것처럼요.

삶은 돼지고기를 베포에서 풀어내 도마 위에 올립니다. 칼을 들어 살풋, 저밉니다. 그리고 좀더 식으라고 냉장고 속에 넣어둡니다. 소금으로 간을 한 배추를 들쑤셔봅니다. 간이 다 배었습니다. 이제 겉절이를 무칠 때입니다. 마늘을 까서 다지고 젓갈을 배추 위에 붓고 하다보면 저에게서도 냄새가 나겠지요. 저의 어머니가 언제나 그런 냄새를 풍겼던 것처럼요. 어

41

머니는 멀리 떨어져 있습니다. 오늘은 제가 저의 어미 역할을 해야 할 것 같습니다. 그러려면 맥주도 한잔 마셔야겠지요. 아주 거나한 만찬이 될 것 같습니다. 어머니를 부르려면 조금 취해 있는 것도 나쁘지 않을 거구요. 불효하는 딸……이라는 생각이 언제나 들기 때문에……

시커먼 내 속

　녹차와 아주 친한 아는 분이 언젠가 물의 상처에 대해 들려주셨다. 물은 서로 부대끼며 흘러가다가 서로에게서 상처를 받는다. 아래로 떨어지면서 또 상처를 받는다. 녹차를 끓일 물은 그러므로 그 상처를 달래주어야 한다. 물을 두서너 시간 전에 받아두어라. 그런 다음 물을 끓이는데, 물은 또 끓을 때 상처를 받는다. 그러므로 끓고 난 뒤 물을 미지근하게 식혀라. 모두 물의 상처를 달래주는 일이다. 그런 다음 차에 물을 부어라.

　내 속이란 얼마나 컴컴한가. 아마도 물에게는 내 속으로 들어가는 것이 제일 상처 입는 일이 아니었을까. 흐르다가, 끓다가 입은 상처와는 비교가 되지 않는 진탕에서 입는 상처……

노새 이야기

　태양 아래 그 노새는 서 있었다.

　우리가 발굴을 마치고 숙소로 돌아오는 것은 대개 정오 무렵. 노천의 해는 달아오를 대로 달아올라 목화밭 가장자리에 끝도 없이 열을 지어 서 있던 해바라기도 축축 처지는데, 녀석은 고개를 떨구고 앞발로 흙만 툭툭 차고 있었다. 그 녀석이 서 있던 자리 근처에는 작은 쓰레기장이 있었는데 검은 비닐 포장지가 지천으로 뒹굴고 있었다. 가만 들여다보니 녀석은 검정 비닐 조각을 우물거리고 있는 게 아닌가. 눈에는 테가 잔뜩 낀데다 꼬랑지는 축 처져 있고 다리 넷은 말라빠져서 이놈이 과연 지푸라기 하나라도 나를까, 싶었다. 다음날 우리는 마른 빵을 가지고 있다가 녀석을 보면 던져주곤 했다. 빵을 허겁지겁 먹는 녀석을 보면서 우리는 우리의 알량한 선량함에 감동하면서 시시덕거렸는데…… 그 녀석은 마침내 우리를 태우고 지나가는 차를 향해 달려오다가 치이고 말았다. 다리를 다 치고는 태양 아래 널브러져 피를 흘렸다. 마을 사람들이 달려와서 우리에게 알려주었다. 그 녀석이 장님이라는 것을.

증기 기관을 와트의 아버지가 아니라
와트가 발명한 까닭

어느 미학자의 책표지에 이런 글이 적혀 있었다.

딸과 아버지의 대화.

"아버지들은 자식들보다 아는 것이 더 많나요?"

"그럼, 그들은 인생을 더 많이 살았으니까."

"그런데 왜 증기 기관은 와트의 아버지가 아니고 와트가 발명했어요?"

묘비 없는 묘비명

빌리 브란트라는 독일의 수상은 자신의 묘비에 이름만은 새겨넣지 말아달라고 했다. 자신이 죽고 난 뒤에 사람들이 그의 무덤에 찾아와 꽃을 던지는 일을 그리 기꺼워하지 않았던 것일까.

어쨌든 사람들은 그의 말대로 했다. 그의 무덤이 어디에 있는지 사람들은 대충 짐작은 하지만 정확히 어디에 그가 묻혀 있는지는 그의 가족만 알 뿐이다. 그러나 그의 묘비명만은 알려져 있다. "빌리 브란트, 나는 애썼다."

내 속의 또다른 나

아주 작은 마을. 누구 집에 숟가락이 몇 개인지도 다 아는 아주 작은 마을. 육십이 다 되어가는 어질디어질고 마음 여린 마리아라는 분이 섬기던 남편 크리스찬을 버리고 마을 목사에게 가버린 사건이 발생했다.

마을 사람들은 대개 마리아 편이었다. 남편인 크리스찬이라는 이가 워낙 바람기도 많고 사람이 좀 독해서 그랬는지 어진 마리아를 버려두고 젊은 시절 이곳저곳으로 떠돌다가 여자도 많이 보았다고 했다. 떠돌다가 집으로 돌아오면 부엌 구석이나 닦고 있는 아내에게 성내고 짜증내고 사람들 앞에서 망신 주고 그랬다고 했다. 어질디어진 마리아는 평생 아무 소리 하지 않다가 덜컥 일을 저지른 것이다. 마을 사람들은 마리아 편이기는 했지만 아내가 떠나고 난 뒤 밤이 되면 마을을 어슬렁거리면서 나무에 머리를 박으며 흐느끼곤 하는 크리스찬이 짠하기도 했다. 더러 마리아가 새 남자랑 슈퍼마켓에 나타났다가 크리스찬과 마주치면 찬바람 쌩 나게 얼굴을 돌리는 것을 보면서 더이상 사람 어진 마리아라는 말을 하지 않기도 했다. 한 사람 속에 또 한 사람이 들어 있는 줄 몰랐다고 했다. 마리아가 크리스찬의 곁을 떠난 것을 이해는 하면서도.

살아 있는 도서관

오래된 도서관은 책만이 아니라 도서관 자체의 이야기도 가지고 있다. 도서관이 지어지고, 그곳에 사람들이 드나들고, 책이 드나들고, 책을 관리하는 사람들이나 책을 산 사람들이 바뀌고, 그 도서관을 자주 찾아오던 어떤 이는 벌써 박사학위 두어 개를 받고, 어떤 이는 십오 년째 박사논문을 쓰고, 또 어떤 이는 아이를 낳느라 한동안 못 나오기도 하고…… 나는 우리 연구소의 도서관에서 어느 날 나치의 문장이 선명하게 박힌 책을 보았다. 1942년에 이 도서관으로 들어온 책이었다. 아주 아이러니컬하게도 그 책을 쓴 이는 나치를 피하여 1930년 초에 미국으로 달아난 유대인 문헌학자였다. 나치 정권이 막을 내린 지 오래전이나 책은 그 정권보다 더 오래 살아 있다. 책을 이루는 종이라는 물질의 견고함 때문인가, 아니라면 이 책에 든 안티 물질의 정신 때문인가.

이건 죽고 사는 문젠데

마당이 있는 집에서 살게 된 이후로 여름이면 올빼미를 본다. 녀석은 어둑어둑해지면 나타나서 마당 앞에 서 있는 나뭇가지에 한 반시간 정도 앉아 있다가 간다. 사냥을 나온 길이리라. 녀석이 앉아서 두리번두리번하고 있으면 나는 마음이 초초해진다. 이 마당에는 쥐도 몇 마리 사는데 그 쥐들이 제발 꽁꽁 숨기를, 그리고 올빼미가 그 쥐들을 발견하지 않기를 바라는 거다. 그러나 우리집 마당까지 먼길을 사냥 나온 배고픈 올빼미도 불쌍하기는 마찬가지이다. 과연 누구의 편을 들어야 하는가. 이건 죽고 사는 문젠데……

가소로운 욕심

기숙사에 살 때, 내 방에서 내려다보이는 풀밭으로 토끼들이 자주 나타나곤 했다.

어느 날 저녁, 시간이 없어서 저녁밥은 못하고 당근 오이나 잘라서 먹자, 하고 당근 껍질을 벗기다가 녀석들을 보았다. 나는 당근을 던져주었다. 오물오물 단방에 먹어치웠다. 그후로 자주 나타나서 내가 당근을 던져주면 오물오물 먹었다. 이제는 당근이 집에 없는 날에도 나타나서는 내 방 앞 잔디밭을 어슬렁거렸다. 따로 당근을 사들고 들어올 수밖에 없었다. 아무도 나를 기다리지 않는 기숙사로, 비록 당근 때문이지만 찾아오는 녀석들이 참 예뻐서 나도 모르게 욕심을 내고 말았으니…… 녀석들 중 두 마리의 목에다 리본을 달아준 거다. 한 녀석에게는 푸른색을, 한 녀석에게는 붉은색을. 여름 내내 우리는 참 친해졌다. 용하게도 녀석들은 언제나 리본을 달고 나에게로 왔다. 껑충거리면서도 잃어버리지 않았나보다. 어느 날 나는 기숙사 주차장에서 차에 치인 토끼를 보았다. 그리고 푸른 리본도 보았다. 나는 또 욕심을 내다가 무언가를 잃어버린 것이다. 내 것이라고 표시하기, 얼마나 가소로운 욕심이었는가, 마치 누군가를 사랑할 때, 내 것이라고 표시되기를 바랐던 그때의 눈먼 나처럼……

베를린 시장

동성연애자들에게도 결혼할 수 있는 권리를 부여하는 곳이 독일이다. 동성연애자들이라면, 유대인이나 집시처럼 나치의 아리아인 제일 정치 시절 무참하게 살해당한 이들이 아닌가. 세월이 흘러 동성연애를 자연스러운, 말 그대로 비자연이 아닌 자연으로 인정하는, 아니 제도로 그들의 성에 대한 입장을 보장하는 시대가 되었다. 지금 베를린 시장으로 있는 보르베라이트는 시장이 되기 전, 자신이 동성연애자임을 밝혔다. 그의 파트너는 그 소식을 듣고 눈물을 비추었다고 한다. 대다수의 사람들과 다른 사람에게 관대한 것은 분명 좋은 일이다. 나는 너와 다른 것이다.

누구도 아님의 장미

파울 첼란을 읽는 밤은 마치 황지우 선생의 시 「화엄광주」를 읽는 밤처럼 마음이 삼엄해진다. 그의 시 한 구절, "누구도 우리를 흙과 진흙으로부터 다시 빚지 않으리, 누구도 우리의 먼지에 대하여 말하지 않으리, 누구도 (……) 아무것도 아닌 것, 우리들이었네, 우리는 머물 것이네, 빛나게, 아무것도 아닌 것으로, 누구도 아님의 장미". 아무것도 아닌, 누구도 아닌 우리들, 그런데 왜 그날 그 도시에서는 그렇게 많은 이가 죽음을 당했는가. 그리고 그런 일들이 왜 이 지상에서 매일매일 일어나고 있는가.

소녀 전사

이스라엘 팔레스타인 지역에 사는 팔레스타인 소녀가 자살 폭격을 할 것이라고 선언하고 죽은 날(아니 타인들도 죽고 자신도 죽은 그날), 그리고 그날 저녁, 그 소녀의 영상을 뉴스에서 보던 날. 그날 나는 밥도 잘 먹고 하루종일 어슬렁거렸는데, 슬그머니 내가 살아서 이 지상을 아직도 별 탈 없이 어슬렁거리고 있는 것이 다행스럽고, 아니 불편하고, 아니 사무치게 짜증난다. 도대체 소풍 가는 버스에 폭탄을 집어던져서 어쩌겠다는 건가. 그 안에 앉아 있던, 노래를 흥얼거리며 소풍 가는 아이들이 죽어가는데, 그리고 당신도 함께 죽는데.

소녀여……

종교의 중립성

이슬람으로 종교를 바꾼 독일인 여선생님 한 분이 수업 시간에 그녀가 섬기는 종교의 관습대로 머릿수건을 두르고 수업을 하다가 학부형들에게 고소를 당했고, 법원에서는 그이에게 머릿수건을 벗으라고 판결했다. 종교에 대하여 중성적인 태도를 유지하는 것이 학생들을 가르치는 교사로서 바람직하며 교실에서는 어떤 종교라도 편향적으로 다루어서는 안 된다는 것이 판결의 이유였다. 그 뉴스를 지켜보던 독일인 친구 하나가 투덜거렸다. 그 친구는 교실 안에 언제나 십자가상이 걸려 있는 독일의 한 주를 예로 들면서, 이건 무슨 종교인지를 묻고 있었다.

점심 비빔밥

교실에는 작은 석유난로가 있었다. 겨울이면 그 난로 옆에 도시락을 두었다. 아침에 도시락을 그렇게 난로 곁에 두면 양은 도시락 속에 든 밥은 학교까지 오느라 찬바람을 맞고도 따뜻하게 데워져 있었다. 사 학년 땐가, 우리 반 담임 선생님은 도시락 반찬으로 아이들 집안의 빈부가 가늠질되는 게 보기 좋지 않았는지 우리에게 말씀하셨다. "밥하고 가져온 반찬하고 큰 양동이에 부어 같이 비벼 먹자." 모두 도시락을 내어놓았고 가지고 온 반찬도 함께 양동이에 부었다. 비벼서 서로 나누어 먹었다. 비빔밥을 먹다보면 선생님 생각이 난다. 굶는 아이들을 위해 도시락 다섯 개를 가져오셔서는 양동이에 붓던 처녀 선생님.

별들은

밤에 강가에 나가면 강에서는 빛이 난다.

튀어오르는 물고기의 비늘빛이다.

나는 어릴 때

별들은 물속에 살다가 하늘로 가는가,

하고 물었다.

어두움, 사무침

『시경』을 읽는다.

"갈대는 우거지고 흰 이슬은 서리가 되었네. 내 마음의 님은 물 건너에 계시다네. 강물을 거슬러올라가지만 길은 멀고 험하고, 물길을 따라 내려오지만 여전히 물 한가운데 있네."

이가원 선생이 번역하고 주해를 했다. 진풍에 속하는 이 시에는 '겸가'라는 제목이 붙어 있다.

『시경』을 읽다가 잠이 든 밤에 꿈을 꾼다. 가고 싶은 곳, 가야 할 곳으로 가는데 다리가 어디에 묶여 있는지 도통 움직일 수가 없다. 버둥거리다가 잠이 깬다. 깨어나면 어둡고 조용하다. 어디를 가려고 길을 나섰던가. 어디 그 사무친 것이 있다고 믿었기에 길을 나서서는 오래 집으로 가지 않는가. 그리고 여전히 물 한가운데에 있는가…… 나의 여행은 집으로 돌아가려는 여행인가?

수메르어를
배우는 시간

차창룡 시인에게

○

인도에서는 돌아왔는지……

안식구랑 함께 여행을 떠났다는데…… 안식구에게도 꼭 안부 전해주세요. 제가 서울에서 살았더라면 꼭 백년혼약식에 참석했을 텐데, 그리고 새신랑 약도 올리고 했을 텐데……

아무래도 공부를 하는 일은 제 업이 아닌 것 같다는 생각을 요새 자주 했습니다.

봄이 올 무렵, 이곳 날씨는 사나워져서 도서관 창밖으로는 사계절이 그렇게 지나가고 있었습니다. 그런 날씨가 얼마간 계속되다보면 영락없이 저는 잡념에 시달리게 되는데, 그 잡념이라는 것이 얼마나 힘이 센지 자주 책을 놓고 도서관을 빠져나와 골목길들을 거닐게 합니다. 그 골목길 사이사이에서 문득 저를 놓아버리고 싶다는 생각을 하는데, 이렇게 자주 자신을 놓아버리고 싶은 인간에게 공부란 무슨 업인가, 싶습니다. 공부라는 것, 그것은 마음을 정하게 갈고닦는 일에 속하는 것일 터이지요. 그러나…… 저의 다른 업 중의 하나인 마음이 자주 어지러워지는 와중을 거닐다보면 제가 공부를 하고 있다는 사실이 아주 무색해져버립니다. 이를테면 하루하루를 조화롭게 지내야만 지나갈 수 있는 길을 걷고는 싶지만, 그 조화라는 긴장을 유지하는 일은 또 얼마나 어려운지…… 저는 요즘 기원전 3000년경에 씌어진 행정 문서를 읽고 있는데, 마음이 어지러우면 단 한 줄도 읽기가 어려워져 이렇게 도서관을 빠져나와 골목을 걷고 있는 것입니다.

왜 이렇게 마음은 자주 어지러운지, 제 마음의 어느 골목이 그렇게 구불구불한 길을 가지고 있는지……

자주 구불구불한 길을 걸었던 만큼 자주 피곤하기도 하구요. '고대 근동 고고학'이라는 제법 긴 이름을 가진 공부를 시작하면서 저에게 제일 먼저 다가온 어려움은 고대어를 배우는 일이었습니다. 고대 근동 지역은 제일 먼저 인류의 역사시대의 문을 연 곳입니다. 이곳에서 발명되어 사용된 쐐기문자는 지금까지 인류가 발명한 최초의 문자로 알려져 있습니다. 지금까지의 고고학 연구에 의하면 문자는 대략 기원전 4000년경, '우룩'이라는 고대 도시에서 발명된 것으로 추정됩니다. 이 시기 우룩은 강성하던 로마 제국 시절의 로마보다 더 큰 규모의 도시였고, 그 문화는 메소포타미아 지방에만 머물지 않고 지금의 이란과 파키스탄, 더 멀리는 서중국의 경계까지, 시리아와 터키 지역까지 기세를 떨치며 퍼져나갔습니다. 문자는 문자를 필요로 하는 사회 시스템 안에서 필요에 의하여 발명되고 사용되지요. 우룩은 문자를 필요로 할 만큼 복합적인 사회 시스템을 가지고 있었습니다. 처음에 표의문자로만 쓰이던 글자는 세월이 흐르면서 표의문자와 표음문자를 함께 쓰는 데까지 발전을 했습니다.

고대어를 배우는 일에는 많은 인내가 필요했습니다. 기본 문법을 배우고 익히는 데 시간이 많이 걸렸을뿐더러 배우고 난 뒤 응용을 하는 일은 더욱이나 쉽지 않았지요. 저의 수메르어 선생님이었던 크레허 교수는 수메르어 문법 연구로 유명한 분이었습니다. 수업이 시작되기 전에 선생의 명성을 먼저 들었던 나는 잔뜩 주눅이 들 수밖에 없었습니다. 우리는 수업이 시작되기 며칠 전 선생님을 만나 수업에 대한 이야기를 나누어야 했습니다. 쐐기문자 해독 작업은 상당한 손재주가 필요한 일이라는 것을 이제는 얼마쯤 짐작을 합니다. 그러나 당시 저는 천둥벌거숭이였습니다. 수업이 시작되기 며칠 전 선생님은 수업에 참여하는 학생 두 명에게 그가 직접 타자기로 쓴 문법책과 쐐기문자로 씌어진 수메르 왕의 비석문과 문자표를 주었습니다. 그러고는 비문 두 개를 번역해오라고 했습니다. 우리는 어안이 벙벙해서 선생님을 바라보았지요. 아직 단 한 번의 수업도 받기 전에 번역을 해오라니……

선생님은 빙긋 웃으셨습니다. 그러곤 아무것도 모르는 채 한번 시도를 해보는 것도 좋다고 하시고는 사라지셨습니다. 선생님은 그 당시 정년을 오 년 앞두고 있었습니다. 키는 일 미터 팔십 센티를 웃도는데다 깡마르고, 언제나 깔끔한 차림으로 학교에 나왔다가 수업이 끝나면 휑하니 집으로 돌아가시는 분이었습니다.

집으로 와서 저는 생전 처음으로 보는 쐐기문자표와 비석문을 들여다보았습니다.

사실, 우리들이 살아가는 이 세계에는 오늘 하루도 얼마나 많은 일이 일어나고 있는지…… 오늘 뉴스에서 보스니아 전범들이 판결을 받았다는 소식을 들었습니다. 판결을 받은 군인 가운데 하나는 팔천 명이 넘는 사람을 죽인 책임이 있다고 했습니다. 그런 소식을 듣는 날은 이런 고대어가 우리에게 무슨 의미가 있을까, 하는 생각이 들곤 합니다. 죽은 언어를 해독하는 일은 우리에게 어떠한 현실적인 문제도 해결해주지 못할 것입니다. 그리고 죽은 언어를 배워서 그 당시의 문자를 읽을 수 있다고 한들, 그때를 살아가던 사람들을 이해하면 얼마나 이해하겠습니까. 이런저런 잡념에 시달리다보면 공부를 한다는 것은 부질없이 밥을 축내는 일이지요.

그때 크레허 선생님이 저희들에게 주신 비명은 아주 간단했습니다.

비명에 씌어진 내용도 아주 간단한 것이었지요.

우르난세
구니두의 아들
라가쉬의 왕
그를 사랑하는 신 닌기르수를 위하여
닌기르수의 집을 짓다.

한동안 저는 쐐기문자를 배우는 일에 일종의 경외감을 느꼈던 적이 있었지요. 지금껏 인류가 적은 서사시로는 최고로 오래된 서사시라는「길가메쉬」이야기도 바로 쐐기문자로 전해져 내려온 것이었습니다. 아수르바니팔이라는, 신 아수르 시대의 왕이 만든 궁전 도서관에서 그 판본은 발견되었지요. 고대 메소포타미아 사람들은 필사를 하는 데 능수능란한 사람들이었습니다. 서기관을 양성하는 서기관 학교가 이미 기원전 2000년경부터 있었다고 합니다. 수메르어로 학교는 '에둡바아'라고 하는데, '점토판을 나누어주는 곳'이라는 뜻을 가지고 있지요. 그 학교에서 학생들은 고대부터 전해져 내려오는 서사시를 베끼기도 하고 사전을 만들기도 하고 수학을 배우고 측량을 배웠습니다. 서사시를 짓는 일을 하는 시인이 있었다고는 합니다만 창작을 하는 일보다는 실용이 우선되는 분위기였나봅니다. 그 학교에서 배운 학생들은 서기관이 되는데, 그 서기관이 하는 일 가운데 가장 중요한 일은 행정 문서를 쓰는 일이었지요. 글을 읽거나 쓸 수 없는 사람들을 위하여 대필을 해주고 수확량을 관리하는 관리에게 경제 문서 등을 대필해주었지요. 그들 가운데 가장 높은 이들이 바로 서사시라는 것을 지었다고 합니다. 또 이런저런 비석문을 적는 일을 하기도 하구요. 대개 비석문이라고 하면 당대의 정치사와 맞물려 있는 거라서 어떠한 진실도 드러내지 않습니다. 다만 공허한 형식일 뿐이지요. 우르난셰라는 왕의 아버지가 구니두인지 누구인지, 그게 중요하면 얼마나 중요하겠습니까. 그 왕이 살던 그 시절, 그 시절의 정치사 안에서나 중요한 것이겠지요.

'짓는다', 즉 '만들어낸다'라는, 글로 세계를 만드는 일은 어쩌면 인류가 문자를 만들고 나서 한참 뒤에나 가능하게 된 것일지도 모릅니다. 없는 세계를 만드는 일을 당시의 서기관들은 하지 않았지요. 그들이 하는 일은 이미 만들어진 세계를 관리하고 보존하는 일이었습니다. 그런데 세계는 누가 만들었습니까? 이미 만들어진 세계는 어디에서 온 것인지……

학생들은 학교에 앉아 행정 문서를 작성하는 일을 배우고, 학교에 가기가 싫어 길에서 딴전을 피우다 아버지에게 들켜 혼쭐이 나기도 하지요. 그 학교를 졸업하고 난 뒤, 행정서기관이 되어 이런저런 행정 문서나 법정 문서를 쓰는 일을 하다가, 우리처럼 학교에 가기 싫어 꽃밭이나 제 마음이나 인생이나 하는 그런 너접한 것들과 상종을 하다가 서사시를 쓰는 일을 시작한 걸까요?

잠시 저는 가던 길을 멈추고 대학 본부 뒤꼍에 있는 식물원에 들어왔습니다. 이곳에 앉아서 꽃이나 풀들을 잠깐 들여다봅니다. 고대어를 배우는 경이감도 이런 식물들 앞에 서면 무색해지지요. 저 생생한 꽃들, 꽃그늘에 앉아 얼싸안고 입맞춤을 나누는 연인들을 보면, 죽은 언어는 죽은 언어이고 산 사람은 산 사람이라는 생각. 그러나 죽은 언어를 지금 이 시간에 불러내는 일도 업이라면 업인데⋯⋯

지금까지 발견된 서사시 가운데 가장 오래된 서사시라는 「길가메쉬」는 여행 이야기입니다. 친구 엔키가 죽고 난 뒤, 그는 여행을 떠나지요. 왜 인간은 언젠가 죽을 수밖에 없는지 물으면서⋯⋯

행정 문서를 읽는 일을 끝내면 다시 저는 서사시들을 읽으려고 합니다. 그때가 되면 다시 편지를 드리지요. 가끔 진이정 형 쪽을 향하여 고개를 수그리기도 하면서요⋯⋯

비단집

내가 자라고 태어난 곳은 비단이 많이 생산되는 곳이다. 비단집이 많은 거리에서 나는 자라났다. 비단집 안을 들여다보면 곱게 개켜진 고운 비단. 비단집 여인네들이 바느질하던 고운 저고리나 치마나 마고자. 여인들은 가끔 일을 멈추고 국수를 먹거나 떡을 먹거나 수다를 떨다가 다시 치마로 마고자로 돌아갔다. 치마 위를 돌아다니던 벌, 나비나 잠자리, 국화나 매화 들, 그 환한 금실 은실의 자수들. 양귀비꽃이 어른거리는 들판을 지나다 그 비단집이 생각나는 것은 그런 고향의 것들이 이미 내가 자연이라고 생각하는 범주로 들어선 때문일까.

곰이 또 실수를 했나?

"어쩌나! 곰이 말했습니다"로 시작되는 동화책의 제목을 들여다보다가 갑자기 너무나 궁금해진다. 왜 곰이 "어쩌나"라고 했을까, 도대체 녀석은 무슨 잘못을 또(!) 저질렀는가! 나는 내일 당장 서점으로 달려가 그 책을 사리라 마음먹는다. 아이들이 읽는 책 안에 등장하는 곰이 또 무슨 실수를 하는지 알아야겠다.

처음 본 죽음

아버지께서 아직 자리를 잡지 못하시던 그 나날 동안 우리는 큰고모부의 목욕탕을 봐주는 것으로 그 안집에서 살 수 있었다. 1970년대 초반이었다. 목욕탕의 물을 톱밥으로 데우던 시절이었다. 목욕탕 화로에 하루종일 톱밥을 부어넣는 일을 하던 화부 김씨는 알코올중독자였으나 마음이 온화하고 아이들을 좋아해서 마주앉아 두런두런 이 이바구 저 이바구 하기 참 좋아, 어머니에게 야단을 맞은 날이면 나는 더러 덜 익은 복숭아를 들고 김씨 아저씨의 화덕을 찾아가서 놀기를 좋아했다. 톱밥이 부드러워서 손으로 한 움큼 쥐어 땅으로 떨어뜨리면 삼각의 작은 집이 생기는 것도 참으로 그럴듯한 장난이었지만, 아저씨의 이야기를 듣다가 덜 익은 복숭아를 먹다가 조는 듯 듣는 듯 하는 동안 얻는 평안함을 나는 어디에서건 그 이후로 가진 적이 없다. 어느 날 아저씨의 이야기를 듣다가 나는 잠이 들었다 깨어났다. 아저씨도 톱밥 무덤에 기대어 주무시고 계셨다. 나는 아저씨를 깨웠다. 아저씨의 고개가 툭 아래로 처졌다. 놀란 나는 소리를 질렀고 잠시 후 어른들이 달려왔다. 나는 이미 구석에 쪼그리고 앉아 울고 있었다. 그것이 내가 처음 본 죽음이었다. 톱밥처럼 부드러운 곳에 기대 잠을 자는 시체…… 어느 날 나이가 들어 발굴을 하러 돌아다닐 때 무덤을 파다가 해골을 발견하면 그 해골의 임자도 그런 죽음을 맞았기를……

　자는 듯하던 그 죽음……

내가 날씨에 따라서 변하는 사람 같냐구요?

내가 날씨에 따라 변하는 사람 같냐구요?

네, 그렇게 보여요.

날씨라는 게 얼마나 사람 마음을 변하게 하는데요. 주위 환경에 민감한 게 뭐 잘못된 것도 아니구요. 저는 제가 마음이 약하다는 것을 인정하는 데는 아주 인심이 후하답니다.

오늘 저는 날씨가 흐려서 강의를 들으러 갈 마음이 좀처럼 생기지 않았지만 마음 굳게 먹고 갔지요. 나이든 교수님이 뭐라고뭐라고 하시는데 머리에 들어오지 않구요. 다만 흐린 날이면 따뜻한 우유에다 카카오 가루를 타 마시면서 이불 밑에 앉아 애거서 크리스티 영화나 보았으면 합니다. 이를테면 뜨거운 나일 강변에서 펼쳐지는 살인 사건이나 오리엔트 특급 열차에서 벌어지는 살인. 살인이 벌어져도 잔혹하게 느껴지지 않고 다만 포와르와 함께 범인을 쫓으면 되는 세계, 악과 선이 분명해서 어느 누구를 향해 "저, 나쁜 놈!"이라고 막 말할 수 있는 세계. 그 세계 속에서 달콤한 카카오를 마시는 저의 작은 소망에 충실해지고 싶다는 생각을, 저는 날씨가 흐리면 하지요.

마음속의 등불

장어를 구워 산딸기술을 파는 집이 절 아래에 있었다. 우리
는 그곳으로 가서 절 구경도 하고 장어도 좀 먹고 술도 좀 마
셨다. 산딸기술은 슬픈 연붉은빛을 띠고 있었고 향은 아찔해
서 먼먼 시간이 아무리 휘돌아가도 그 끝은 영영 잊히지 않을
듯했다. 십 년도 넘은 일. 그때, 지금은 뿔뿔이 어디론가 헤어
진 사람들이 그 자리에 함께 있었다.

가끔 혼자 앉아서 고향 갔다 온 누군가가 가져다준 매실술
을 마셨다. 술도 술이지만 향에 실려오는 전설 같은 그날 그
절집, 그리고 온 힘을 다하여 퍼덕이던 그때까지도 살아 있던
장어의 검고 진득한 피부…… 산딸기술에 씹히던 기름 많은
장어의 살 같은 그런 기억이 하나둘 떠오른다. 마치 마음이 어
둑한 등불을 켜고 있는 것 같았다.

축제

기차역 뒤에 있는, 카페와 디스코텍을 겸한 가게. 토요일 저녁, 나보다 훨씬 어린 연구소 아이들과 함께 그곳으로 간다. 아이들은 춤을 추고 나도 아이들 사이에 섞여 춤을 추려고 애쓴다. 춤을 추기 위하여, 춤을 추는 마음이 되기 위하여, 이미 맥주 서너 잔을 마셨는데도 아직 몸이 춤으로 가지 않는다. 마음의 무엇인가가 춤으로 가려는 내 몸을 막고 서 있다. 나는 어설프게 움직이며, 그러니까, 춤 비슷한 것을 추며 나에게 말한다. 몸이 자유로운 혹은 마음을 어느 축제에 온통 맡겨놓을 수 있는 이 아이들을 보아라. 무엇이 가로막고 서서 저 축제로 가려는 나를 막고 있는가!

단풍

　서울에서 벗들이 왔기에, 그들 가운데 특별히 만나야 할 사람도 있었기에 벗들에게로 갔다. 우리는 하이델베르크라는 이 나라의 오래된 성이 있는 작은 도시로 소풍을 갔다. 성 위에 올라 우리는 네카강도 보고 성도 보고 단풍도 보고 그랬다. 이 나라 풍광에 대해서 불평을 할 만한 처지는 아니었지만 나는 무심코 그랬다. "단풍은 역시 내장산이 최고야." 다들 웃었다. 나는 진심이었는데 다들 웃었다.

　붉은 단풍의 나날들이 계속되는, 한국이라는 작은 나라의 가을은 작아서 사무친다. 그 작은 산수에 피어나는 저 붉은 잎들. 그 잎들 아래 온종일 서 있으면 가을은 어떤 시간의 막막한 끝을 이곳에서 다 부려놓은 양 비장하게 붉은빛으로 진다. 붉은빛 아래에서 그렇게 내 어떤 시간도 지고 있었다.

지구는 둥글다

술 취한 사내들이 시골 기찻길을 지나가는데 몹시 시끄럽다. 막 축구 경기를 보고 난 뒤 돌아오는 길인가. 그들의 목에 걸린 축구팀의 마크, 그리고 손에 든 맥주병, 맥주병. 얼크러지면서 어깨를 걸고 사내들은 노래를 부르는데 아마도 목에 걸린 그 마크의 팀을 응원하는 노래. 갑자기 사내 둘이 멈추어 서더니 나란히 기찻길을 향하여 서서는 바지를 걷어내린다. 힘차게 솟아오르는 오줌 줄기. 잠시 후 환호성을 울리며 한 사내가 펄쩍 펄쩍 뛴다. "거봐, 내가 이겼잖어. 내 것이 더 멀리 갔어!" 사내들하구는…… 오줌 줄기의 길이를 다투는 내기라니. 아주 어린 시절, 내 사내 동무들이 새집을 뒤지다가, 물가에서 놀다가 짬짬이 하던 놀이. 그 놀이를 나이가 들어 이방의 이름 없는 기찻길 옆에서 본다. 세계는 둥글고 하나인가?

냉전 시대, 복제 인간

기계 인간 복_{Bok}이 사는 별. 사실 그들은 기계 인간이 아니다. 그들은 원래의 존재를 지우고 집단 인간으로 개조된 이들이다. 그 안에 여왕벌 같은 여왕이 살면서 그녀의 일벌인 복을 관리하고 통제한다. 그들이 이루어낸, 거대한 기계로 된 별. 엔터프라이즈호의 캡틴이 어느 날 그곳으로 끌려가 복으로 개조된다. 어찌어찌, 그는 그곳에서 탈출하여 자신의 비행접시를 타고 집으로 돌아온다. 세월이 지나고 지났는데도 그는 악몽에 시달린다. 자신이 복이 되어 그 별에서 지내던 시간이 자꾸만 떠오르는 것이다. 일요일 오후, 이십여 년 전에 만들어진 공상 과학 텔레비전 영화를 보면서 나는 왜 자꾸 냉전 시대가 떠오르는 것일까. 복의 세계는 아마도 사회주의 국가들을 본떠서 만들었을 것이라는 생각, 엔터프라이즈라는 비행접시는 그에 반대하는 이데올로기를 담은 접시일 거라는 생각(결국

접시이지 뭐 다른 것일까). 이런 드라마를 만들어내는 나라 사람들은 왜 자기와 다른 타인들을 범죄시하거나 공포화시키는지 알 수 없는 일이다. 음험한 여왕이여, 집단생활의 아름다움을 속삭이는 여왕벌이여…… 냉전 시대가 끝난 지금에도 그대는 그대의 별을 지키고 있는가.

욕지기

향수 가게 앞을 지나면서 나는 가끔 욕지기를 느낀다. 수십 가지의 향이 섞이면 무슨 향이 나겠는가. 상상해보라!

날틀

비행기 추락 사고 소식을 들으면 마음이 컴컴해진다. 첫째, 나는 비행기를 타본 적이 있고, 둘째, 내 노모는 아직 살아 계시다. 공중에서 갑자기, 그리고 무참하게 폭발할 수도 있는 삶의 조건을 나는 가지고 있는 것이다. 비행기를 처음 만든 사람들은 삶의 조건을 넓히려고 했을 것이다. 그러나 삶의 조건을 넓히는 일은 죽음의 조건을 넓히는 일이기도 하다.

우리 모두는

우린 모두 사실은 신화적인 존재지요. 이를테면 당신이 태어날 때 당신의 탄생을 알려준 것은, 어떤 거대한 그러나 아름다운 짐승이거나 풀이거나 열매이거나 오래된 우물이거나 하지요. 호박, 딸기, 복숭아, 참나무, 돼지, 양, 호랑이 혹은 용, 빛이거나 뭐거나 하는 것이 당신 어머니의 뱃속으로 들어왔는지도 모르구요.

우리는 다 신화적이지요.

043
—

북경오리 만드는 법

슈퍼마켓에서 고기를 사려고 서 있는데, 진열대 앞에서 고기를 팔던 뚱뚱한 금발의 아가씨가 나에게 묻는다. "북경오리 만드는 법 좀 가르쳐주세요." 나는 쓸쓸히 웃는다. 북경이 어디인지, 아가씨여 아는가. 그리고 내가 떠나온 곳이 북경과 얼마나 떨어져 있는지를 아는가. 북경오리라니, 나는 오리가 뒤뚱거리는 못을 가진 마을에서 이곳으로 왔을 뿐……

살아가는 조건을 밝히는 숫자

그린란드라는 얼음의 나라 아이가 하나 있다(아이가 어디에서 왔는지는 묻지 말자. 기원을 묻는 자의 내면에는 인간의 존재를 생물학적으로만 해석하려는 의지가 있다. 기원이 있어서 내가 있는가, 시작이 있어서 끝이 있는가). 이 나라의 여인들은 뚱뚱하다. 이 어머니들의 아이…… 아이는 하루종일 숫자를 센다. 연어 알의 숫자, 곰 발자국의 숫자, 얼음 구멍의 숫자. 얼음을 떠서 각을 만들어 집 지붕을 이을 때도 아이는 수를 센다. 세계를 밝히는 수학의 세계는 아이에게 낯설다. 아이는 다만 오늘 내가 살아갈 조건을 세는 것이다. 이를테면 연어 알 숫자는 단백질의 수치이며 곰 발자국의 숫자는 얼마나 많은 곰이 어슬렁거리는가를 알아보려는 것이다. 그놈들은 가끔 아이들을 잡아 삼키므로. 그러나 오늘 아이가 세는 것. 비행기가 떨어져 사람들이 시커먼 재가 되어 날아갔다. 그 재 알갱

이의 숫자를 아이는 센다. 그것은 무엇을 밝히는 숫자인가.

간 먹는 계모

간을 먹으면서 백설공주의 죽음을 기뻐하던 마녀인 계모의 마음은 아무리 이야기 속의 마음이라고는 하지만 그래도 너무하다. 한 인간의 간이라는 게 다른 인간의 이에 씹힐 것이던가. 이야기 속의 세계가 아무리 과장되는 거라지만, 폭력의 이야기가 이렇게 이야기 안으로 들어와서 오랫동안 우리에게 읽히는 것을 보며 우리 속에는 무엇이 들어앉아 있을지 생각한다.

발굴을 하면서
빛에 대하여 생각하기

김지하 선생님께

○

빛은 어디서 오나
참빛은 어디서 오나
내가 몸부림치며
누워 있는 이 흰 방 흰 방으로부터
빛은

빛은 동방에서 왔다고 유럽인들은 이야기합니다. 아마도 유럽 중세, 수많은 명증한 과학과 기술이 아랍 지방에서 왔기 때문일 터이지요. 유럽인들은 그들의 역사 가운데 중세를 암흑으로 여기면서, 어디 다른 곳으로부터 빛이 왔다고 생각합니다. 그러나 빛은 어디에서 오고 그 빛은 또 무엇인지……

지금 저는 터키 동남 지역에 있는 비레칙이라는 작은 마을에 머물고 있습니다.

우리 발굴팀은 이곳 소읍의 시장 관사를 숙소로 얻었습니다. 가끔 시장이나 장교들이 저녁에 여흥 삼아 마작 비슷한 놀이를 하러 들르는 것을 제외하고는 관사는 비어 있습니다. 저녁이 되면 이 소읍을 흐르는 유프라테스강에서는 비릿한 갯내음이 납니다. 물이 흐르지 않고 고여 있지요. 이 지역에 대규모의 댐 공사가 시작되면서 모든 물들은 흐름을 멈추었습니다. 물에서는 역한 비린내가 나고 물풀들이 장마 지난 초가지붕처럼 썩어가고 있었습니다. 관개 공사를 하는 일은 인류가 정주를 시작하면서부터 해왔던 오래된 업에 속하는 것이지요. 물가에 집터를 마련하고 집을 지으면서 사람들은 강에서 물을 끌어대어 식수로 사용하거나 농수로 사용하거나 했습니다. 둑이나 제방을 쌓아 수재를 막으려는 일부터 저수지를 만들고 물을 흐르게 해 물레를 돌리는 일까지, 물과 관련된 인류의 업은 끊임없이 계속되어온 것이지요. 물을 끌어들이는 일은 사실은 빛을 끌어들이는 일입니다. '빛'이라는 말 속에는 자연에 의존해서 살아온 인류가 자연의 움직임을 예측하고 이용하면서 삶을 밝게 만들려는 의지가 숨어 있는 것은 아닌지. 그러나 그 해방은 과연 인류에게 혜택만 가져다주었는지…… 자신을 해방시키기 위해 다른 것을 부수어야만 했던 인류의 딜레마를 저는 이곳에서 재확인하고 있습니다. 전기와 물을 얻는 대신 다른 무엇을 이곳 사람들은 잃어야 할 것입니다.

　우리가 하는 발굴은 일종의 긴급 구조 발굴입니다. 이 지역 댐 공사가 끝나면 많은 마을이 물에 잠기고 그 마을의 고대사를 증언해줄 유물터도 잠겨버립니다. 댐 공사가 끝나기 전에 우리들은 유물터 하나라도 건지려고 합니다. 그래서 이곳까지 온 것이지요. 유프라테스가 발원되는 이 언저리에는 아직도 발굴되지 않은 유물터들이 많습니다. 유물터라고는 하지만, 우리가 기대하는 것은 값진 부장품이 아닙니다. 값진 부장품을 발굴한다고 해도, 그 부장품이 유물터 전체의 역사를 설명하지는 못한다는 것을 현재 고고학을 하는 사람들은 전세기의 교훈으로부터 잘 알고 있습니다. 부장품이나 값진 유물 발굴에만 열중했던 전세기의 고고학은 어떤 의미에서는 역사를 밝히기는커녕, 그나마 남아 있던 유물터를 결정적으로 망가뜨린 장본인이기도 하지요. 다시 빛 이야기로 돌아가면, 무언가를 밝힌다는 일은 얼마나 얇은 얼음 위를 걷는 일인지……

'텔로'라는, 지금은 남이라크에 자리잡고 있는 수메르인들의 폐허 도시를 발굴한 사람들은 프랑스인들이었습니다. 19세기 말경이었지요. 그 당시 발굴을 이끌었던 이는 고고학자가 아닌 외교관이었습니다. 발굴을 시작하자마자 수많은 유물이 발굴되었고, 수많은 점토판이 빛 앞으로 불려나왔지요. 그러나 바로 그것이 텔로를 과학적으로 발굴하지 못하는 이유가 되었습니다. 허가받은 발굴이 없는 해에는 수많은 도굴꾼이 들끓었고, 도굴품들은 미술 시장을 통해 전 세계로 팔려나갔지요. 허가를 얻어 발굴을 하던 이 역시 고고학을 하는 이가 아니었기에 값진 유물을 발굴하는 데만 전력을 기울였습니다. 발굴장 안에는 도둑이 들끓었고, 사람들은 권총이나 장총을 들고서야 발굴을 시작할 수 있었습니다. 또 그때는 오스만 제국이 그곳을 지배하고 있었기 때문에 유물은 발굴자인 프랑스인들과 오스만 제국 사람들이 나누어 자국으로 가지고 갔습니다. 지금도 텔로를 연구하는 사람들은 이스탄불과 파리, 바그다드를 오가야 합니다. 얼마 전 '술기'라는 신 수메르 왕의 석상이 머리는 이스탄불에, 몸통은 파리에 있다는 사실이 밝혀졌지요. 몇천 년이 지나고 나서 빛으로 불려나온 유물들이 박물관이라는 어둠 속으로 들어가 다시 백년이 넘는 세월을 지나고서야 빛으로 불러나온 셈이지요.

지금 고고학을 하는 사람들은 그 폐허 도시가 남겨놓은 것들을 더이상 과학적으로 밝혀낼 수 없음을 잘 알고 있습니다. 전세대의 발굴로 다시 폐허가 된 그 도시를 더이상 구할 수 없다는 사실 앞에서 무언가를 밝히려는 인간의 행위를 신뢰하지 못하게 된 것이지요. 발굴을 하면서 저는 아마도 그 사실에 제일 많이 시달려야 할 것입니다. 고고학의 기술이 아무리 발전을 했다고는 하지만 발굴을 하는 이들은 이미 잘 알고 있습니다. 발굴을 하면서 많은 사실이 기록되지 않고 헝클어진다는 것을. 유물을 해석하는 데 한계가 있는 것은 물론, 유물을 정확하게 기록하는 것도 쉬운 일이 아닙니다. 어떤 땅의 빛깔 변화가 문화 지층의 움직임을 설명할 것인지, 우리는 아직도 잘 알고 있지 못합니다.

이 마을에서 차를 타고 십 분 정도 달리면 '다레'라는 작은 마을이 나오고, 그 마을을 지나면 우리가 발굴을 하는 작은 언덕이 나옵니다. 터키 동남부에 있는 이 작은 마을의 밭에서는 고추나 오이 토마토 등속이 그렇게 기름지게 자랍니다. 아직도 인분을 놓아 채소를 기르는 마을이지요. 우리가 발굴하는 언덕 이름은 '가벨'입니다. 그 언덕은 유프라테스강의 작은 줄기에 기대고 있지요. 그곳에는 작은 마을이 또하나 있는데, 그곳에서는 킬리치 가족이 일가를 이루고 살고 있어요. 우리와 함께 일하는 분들은 다 킬리치 가족입니다. 한 성이 한 마을을 이루는 곳을 저는 어린 시절 이후로 보지 못했습니다. '킬리치'라는 성은 우리나라의 김씨만큼 이곳에서는 흔한 성이라고 합니다.

마을의 제일 큰 어른은 '뷔윅 바바', 우리말로 옮기면 '큰아버지'라는 뜻입니다. 그분을 처음 본 사람들은 구순을 넘긴 노인일 거라고 생각하지만 사실 아직 육십에도 이르지 않은 장년이지요. 구부정한 몸에 수염을 허옇게 휘날리며, 그분은 헐렁한 작업복에다가 흰 무늬가 듬성듬성 박힌, 이 지방 남자들이 흔히 두르고 다니는 목수건을 두르고 있었습니다. 뷔윅 바바는 가끔 발굴장에 들러서는 한참을 쪼그리고 앉아 우리들이 일하는 모습을 지켜보곤 했지요. 당신의 아들과 손자들 그리고 이방인인 우리들이 함께 일하는 모습을요. 그리고 쌈지에서 담배 가루를 끄집어내서는 담배 한 모금을 피우시곤 했습니다. 얼굴에는 깊고도 검은 주름이 박혀 있습니다. 햇빛 때문이지요. 이곳의 햇빛은 기어코 이 지방 사람들의 삶을 결정

합니다. 아직 환갑이 넘지 않은 장년을 쉽게 노인으로 둔갑시키는 것이 바로 이 뜨거운 햇빛이지요. 이곳에서 멀지 않은 '하란'이라는 폐허에 바빌론의 마지막 왕인 나보니드의 어머니가 관장했던 태양신의 신전이 있었다는 것이 우연만은 아닐 것입니다.

이곳에 태양신의 신전이 있지만, 바빌론 지방에도 태양신의 신전이 있습니다. '지파'라는, 지금은 남이라크에 자리잡은 옛 도시에 그 신전이 있었다고 옛날 문헌들은 전하고 있습니다. 바빌론 사람들은 태양신을 '샤마쉬'라고 했고 수메르인들은 '우투'라고 불렀지요. 함무라비왕의 비에 새겨진 태양신은 인간에게 권리와 법을 주는 역할을 합니다. 함무라비왕은 태양신으로부터 인간의 권리를 관리하는 임무를 부여받습니다. 햇빛 아래 서면 모든 것이 명명백백하게 보이기 때문에 그 옛날 사람들은 태양신을 그들 권리의 수호자로 삼았던 것이지요. 그러나 바빌론의 왕이었던 함무라비의 비가 발견된 곳은 바빌론 지역이 아닙니다, 문헌에 전하기로는 함무라비의 비는 태양신 샤마쉬의 신전이 있던 시파에 세워졌다고 합니다. 그런데 고대 중기 엘람 왕국의 어느 왕이 그 비를 전리품으로 엘람 왕국으로 가져갔지요. 고고학자들이 그 비를 발견한 곳은, 그러니까 엘람 왕국이 있던 이란 지역입니다. 인간의 살 권리를 수호한다는 태양신이 겪은 수난 가운데 하나지요.

자연신인 태양신이, 인간이 건설한 사회에서 자연신의 자리를 넘어서 근대 국가에서나 볼 수 있는 법 문제를 떠맡은 것은 어쩌면 아주 작은 비극 중의 하나는 아닐지. 농경을 관리하는 온화한 자연신이 살벌한 속세에 들어온 것이지요. 자연의 만신전 속에서 포도를 가꾸는 달콤한 빛을 보내던 우리들의 늙은 태양신은 인간이 빛을 사유 속으로 집어넣으면서 자신의 역할을 바꾸어야 했습니다. 포도에게만 빛을 보내는 것이 아니라 포도를 위하여 노동한 인간들에게 어떻게 포도를 나누어야 하는지, 그 잔소리까지 하게 된 것이지요. 그 잔소리를 인간들은 빛이라고 부르는 것일 테구요.

오후 무렵 한창 발굴을 하다가 눈어림으로 가늠하면, 멀리 보이는 토마토밭에서 그의 아들 가운데 한둘이 햇빛 아래 토마토밭을 갈고 있습니다. 씨를 뿌리고 난 뒤 토마토 모종이 올라오고 그 사이로 잡초가 일어나면 그의 딸들이 그 풀을 솎아내겠지요. 태양 아래에서 몸을 움직이는 노동을 한다는 것은 참으로 곤혹스럽습니다. 발굴을 하고 발굴한 것을 기록하면서 혹은 직접 발굴터를 파면서 저는 제 몸 안에 그렇게 많은 물과 소금이 있는지 처음 알았습니다. 땀은 바다처럼 흐릅니다. 땀 속에서 빛을 바라보면 마치 사해를 지나가는 새처럼 곤혹스럽습니다.

가끔 뷔윅 바바는 며느리 중 하나를 시켜 잘 삭힌 요구르트나 버터를 우리에게 보냈습니다. 새벽 다섯시부터 일을 시작해서 여덟시 반이 되면 아침식사를 하는 우리에게 보내는 게지요. 아들들과 손자들이 아침 휴식 시간이 되어 발굴장 근처에 있는 집에 가서 식사를 하는 동안 우리들은 발굴장에 쪼그리고 앉아 아침을 먹고는 했습니다. 그 모습이 안쓰러웠는지 나그네에게 차를 대접하는 이 지방의 따뜻한 풍습을 그대로 재현하는 것이지요. 햇빛 아래에서 찻잔 안에 담긴 차를 들여다보면 햇빛이 황금빛 차 안에서 울렁거리고 있습니다.

다시 저는 저에게 묻습니다. 빛은 어디에서 오고 빛은 무엇인지……

가족계획 실천 마을

1970년대 시골 마을 앞에는 '가족계획 실천 마을'이라는 간판이 을씨년스럽게 나붙어 있었다. 인구 계획이라는 것이 그당시 그만큼 중요했을 거라고 생각은 하면서도 마음이 끔찍해진다. 밤까지 감시당하는 시골 마을, "오늘 안 돼예"라고 여인들은 말했을까? 사내들이 보건소로 가서 아이를 못 낳는 이로 둔갑하던 그 시절, 그 시절 독재자는 포항 앞바다에 석유 시추 파이프를 깔아놓고 그 파이프 하나에서 가스가 나왔다고 소주를 마셨다고 한다. 오, 감동적인 에피소드여! 독재를 감수하던 그 세월을 지나면서 얼마간의 밥을 얻은 대신 우리는 무엇을 잃었던가.

품종 개량

아버지의 벗이었던, 농대 과수밭에서 일을 하던 분. 1970년 대였다. 아버지는 그 대학에서 팔에 덧소매를 끼고 도서관을 돌보는 사서로 일하고 있었다. 아버지를 따라 대학 도서관으로 가서 아버지가 일하는 동안 그 과수밭에서 볕 보고 꽃 보고 하면서 놀던 시절. 그분은 수박과 자두를 접붙이는 데 열중하고 있었다. 당시 그 농대는 '녹색 혁명'이라는 기치에 휘둘려 각 실험실마다 수확을 많이 내는 쌀 품종 연구를 하고 있었다. 그이는 그 일 대신 수박과 자두를 접붙이는 일을 했다. 그이의 목표는 보랏빛 과육을 가진 조금 더 큰 자두를 만들어내는 일. 그이는 인간이 자연을 개조하고 싶은 꿈을 가질 때, 그것이 자연을 아름답게 만드는 꿈이었으면 한다고 말하곤 했다. 쌀 품종을 개량하는 것과 자두의 품종을 개량하는 것은 다르다는 것이다.

평화주의자

그는 평화주의자였다. 68세대의 일원이기도 했던 그는 녹색당 일에 평생을 바쳤다. 평생 돈을 버느라 시간을 소비한 적이 없다. 많은 68세대 사람이 그러하듯 그는 소위 '대안적인 삶'을 살았다. 가족들은 현실적으로 무능한 그를 떠났다. 그들의 동료인 녹색당 사람들이 정권을 잡자 그는 녹색당에서 나왔다. 그러곤 68세대들이 골방에 앉아 만들던 작은 소식지를, 지금은 잊혀 아무도 만들지 않는 그 소식지를 다시 만들었다. 낮에는 공사장에 나가서 일을 했다. 그것으로 그는 빵을 벌었다. 아니 빵과 함께 담배도 벌었다. 그는 골초였다. 그러던 그가 올해 초 담배를 끊었다. 아주 단방에. 올해부터 담배세가 전쟁을 협조하는 데 쓰이기 때문이었다.

새장

내가 사는 뮌스터라는

도시 중심가에는

가톨릭교회가 있고,

교회 꼭대기에는

시계탑이 있고 종탑이 있다.

그 종탑 아래에는

쇠로 만든 새장 같은 게

세 개 내걸려 있다.

종교전쟁 시절,

이 도시를 점령한

재세례파 사람들을 몰아내면서

가톨릭의 수장들은

그들을 이 새장 속에 가두어두고

굶어 죽어가는 것을

보았다 한다.

교회 앞을 지나가면서

올려다본다.

맑은 날이면 새장을

잘 볼 수가 있다.

무엇을 믿는가.

그것이 그렇게 중요했던가.

교회는 과연 어디에 있는가.

오스턴

부활절이라고 하면 얼른 기독교인들의 축제가 연상되지만, 독일의 부활절은 좀 다른 사연을 가지고 있다. 게르만의 봄의 여신 오스트로의 이름을 따서 그들은 이날을 '오스턴'이라고 부르는데, 이날은 봄맞이 날에 다름아니다. 농부들은 숲을 다니며 바람에 꺾인 나뭇가지를 모아 들판에 가져다둔다. 부활절이 오기 전에 들판으로 나가보면 사람들이 모아둔 나뭇가지들이 산처럼 쌓여 있는 것이 보인다. 부활절이 오면 그들은 그 나뭇가지에 불을 붙인다. 나쁜 귀신들을 쫓는 것이다. 그리고 그 들판에 씨앗을 뿌리고 한 해의 일을 시작한다. 강대한 기독교도 없애지 못한 옛 풍습. 기독교가 받아들일 수밖에 없었던, 기독교가 들어오기 이전 게르만인들이 살았던 모습. 오스턴 토끼를 집안 곳곳에 장식하거나(토끼는 왕성한 번식력을 자랑하는 동물이다) 달걀을 먹는 풍습도 풍요를 기리는 것에

다름아니다. 그 명절과 함께 봄을 시작한다. 양고기를 식탁에 올리고 가족들은 둘러앉는다. 올해도 무사하게……

상처의 어두움

에르이라는 독일의 유명한 영화배우가 있었다. 작고 인자한 얼굴을 가진 이…… 독일인들은 그를 사랑했다. 그의 겸손하고도 우아한 태도, 작은 몸가짐은 많은 사람을 사로잡았다. 그가 출연한 영화는 고전에 속한다. 연말에 '포이어 장엔 보일레'라고 불리는, 삼각설탕산을 녹이며 끓이는 술 앞에 앉아 고교 시절을 연상하는 교수 역을 그가 할 때, 독일인들은 그를 자신과 동일시한다. 그러나 그의 상처, 그리고 아마도 독일인 모두의 상처…… 그는 나치 시절 유대인 여인과 결혼을 했다. 나치는 그에게 부인과 헤어질 것을 강요했다. 부인과 헤어지지 않으면 영화배우 업을 금지시키겠다는 위협도 했다. 그는 부인과 헤어졌다. 부인은 그와 헤어지고 난 직후에 사라졌다. 그를 욕하는 일은 부질없다. 모두 가난하고 약하다 말해버리면 그만이다. 그러나 그 부인은 어디에서 어떻게 사라졌는가.

불안한 날

불안하다. 이런 날은 아무것도 손에 잡히지 않는다. 무엇 때문에 불안한지 알 수가 없다. 그래서 더 불안하다. 빨래를 할 수도 없고 집안 청소를 할 수도 없고 책을 읽거나 텔레비전을 보거나 하는 일마저 할 수가 없다. 마음속에서 뭉게뭉게 나오는 불안 구름 좀 봐. 왜 불안하지? 의자에 진득하니 앉아 있을 수도 밥을 먹을 수도 침대에 누워 있을 수도 없고 바깥으로 나갈 수도 없다. 친구에게 전화를 걸 수도 없고 누군가가 전화를 해도 받기가 겁난다. 아버지 기일이다. 오랫동안 기일에 아버지를 뵙지 못했다. 아버지가 묻힌 곳과 내가 밥을 먹고사는 곳의 거리가 너무 멀다. 이승과 저승이 아니라 그 길이 너무 멀다. 아버지를 잃고 난 뒤 또 무엇을 더 잃은 것 같다. 그게 뭔지 알 수가 없다.

모든 것의 시작을 좇는 자

19세기 말에서 20세기 초에 씌어진 발굴 보고서를 읽다보면 과연 그 당시 유럽인들이 찾던 것이 무엇인지를 대충 알 수가 있다. 성경에 그려진 대홍수를 찾거나(이건 자신의 정체성의 근원을 찾는 일이다) 아니면 커다란 박물관을 채울 유적을 찾거나(이건 현재 자신이 가진 정체성의 위상을 좀더 높이려는 일이다). 「길가메쉬」서사시의 신 아수르어 판본이 아수르바니팔의 도서관에서 발견되고 그 서사시를 해독하는 과정에서 셈어 학자들이 발견한 것은, 그들의 정체성의 근원인 구약 설화의 대부분이 고대 메소포타미아 지방에서 나왔다는 것이다. 대홍수 신화도 마찬가지이다. 모든 것의 시작을 좇아가는 자의 뒷모습은 언제나 쫓기는 자의 모습을 하고 있다. 시작 전에 시작이 있는 법이다.

예쁜 뒤꼭지

아는 선생님 한 분이 들려준 이야기. 어릴 때 하도 못생겼다는 소리를 많이 들어 엄마에게 물었다. 엄마, 엄마는 날 왜 이렇게 밉게 낳았어? 엄마는 아들을 물끄러미 보더니 고개를 저었다. 아냐, 네 뒤꼭지가 얼마나 이쁜데. 선생님은 연이어 한숨을 내쉬었다. 제일 예쁜 데가 뒤꼭지라, 난 세상에 태어나서 내 예쁘다는 곳을 한 번도 본 적이 없으니! 어디 선생님뿐이랴. 나도 내 예쁜 곳을 한 번도 본 적이 없다. 아마도 다들, 제 예쁜 곳을 일생에 단 한 번도 못 보았으리.

진흙 개

발굴을 하다가 진흙으로 만든 작은 개를 발견했다. 발굴 경험이 많은 팀장은 이런 작은 진흙 개를 발굴지에서 많이 보았다고 했다. 어떤 폐허에서는 이런 작은 진흙 개를 무더기로 발견할 수 있다고 했다. 그 당시 폐허에 살던 사람들이 왜 진흙 개를 만들었는지는 누구도 모른다고 했다. 다만 종교적인 의미가 있을 거라는 짐작만 할 뿐…… 아주 어릴 때 외할머니랑 산이나 바다엘 가면 할머니가 신성하게 여기는 장소들이 있었다. 그녀는 그곳에다가 돌을 던지거나 절을 했다. 그 장소들은 그녀만의 신성한 장소였을 뿐, 따라간 나에게는 아무런 의미가 없는 곳이었다. 한두 세대가 지나면 곧 잊히고 마는 것이다. 폐허에 살던 그 당시의 사람들에게 자기만의 신성한 장소, 자신만의 종교가 있었다면, 그리고 그 종교가 아주 작은 것이었다면 누구도 그들의 내면을 발굴하지 못할 것이다. 이 작은 진흙 개가 그때 무슨 신성한 의미를 띠고 있었는지 나는 알 수 없었으나 발굴 일기에다 그 개를 적어두었다. 이 작은 진흙 개는 발굴지 32번, 동서 200미터 남북 240미터 높이 140미터에서 발견되었음.

어이, 탑골이야

만날 사람이 없다.

누군가를 만나서
거리를 어슬렁거리고 싶은데
그럴 사람이 없다.
서울에 살 적 전화를 막 걸어도
허물이 없었던 벗은 서울에 살고
나는 그 벗에게
전화를 걸어 시내에 나오라고 할 수도 없다.

독일에 온 지 얼마 지나지 않아
장난기 많은 선배가
서울서 나에게 전화를 했다.

"어이, 여기 탑골이야, 한잔하러 나오지."

마음이 무너지는 듯했다.

선뜻 그곳으로 갈 수 없는 곳에

나는 있었던 것이다.

그리고 지금도 나는 벗에게 전화를 해서,

"여기 광화문이야, 뮤즈에서 만날래?

그리고 이모집에 밥 먹으러 가자"

할 수가 없다.

잡초를 위하여

마당에 올라온 잡초를 뽑다가 에이, 하는 생각이 든다. 잡초
와 잡초 아닌 것…… 처음에는 다들 잡초였다. 사람들이 잡초
들을 제 집에서 기르기 시작하면서 잡초와 잡초 아닌 것이 생
겼다. 얼마나 많은 이름 없는 풀이 꽃을 피우는가. 사춘기였을
때, 우리 동네에 양귀비를 키우는 사람이 있었다. 양귀비를 키
우는 것이 그 당시에도 금지였던가? 아마도 그랬을 것이다. 나
는 단 한 번도 그 꽃을 본 적이 없었기에 꼭 한 번, 그 꽃을 보
고 싶었다. 친구와 짝이 되어서 담장 안을 들여다보기로 했다.
달 없는 밤을 택했다. 친구의 목을 타고 담장 안을 들여다보았
다. 금지된 꽃은 달 없는 밤의 어둠 속에서 보이지 않았다. 나
는 온 힘을 다하여 보려고 했으나 끝내 꽃을 보지 못했다. 친
구도 마찬가지였다. 양귀비꽃을 본 것은 독일에서였다. 우리
나라에서 재배가 금지된 그 꽃은 이 나라의 들판에 여름이면

그냥 막 피어났다. 밀이 익어가는 들판에 붉게 피어오르는 꽃은 예뻤다. 이 나라에서 양귀비꽃은 잡초였다.

호박잎 바나나잎

호박잎에 싸놓은 은어를 먹던 날은 향기로웠다. 호박잎에다 은어를 담으면 은어의 청청한 맛이 더하다고 하던가. 베트남에서 온 친구는 바나나잎에 생선을 자주 구워 먹었다고 했다. 어릴 때 마잎에 생선을 구워 먹던 기억이 났다. 마잎을 태운 향기가 생선살로 스며들어가 생선에서는 오래도록 한약을 달이는 듯한 깊은 맛이 났다. 바나나잎에 생선을 구우면 어떤 맛이 날까, 싶었다. 그리고 그 바나나잎에 누구도 화학 살충제를 뿌리지 말았으면 좋겠다는 생각을 했다.

울고 있는 마리아

성당에 들어가서 앉아 있는다. 특별한 종교는 없지만 나는 사원을 좋아한다. 절이든 교회든 그 안에 들어가 있으면 위로를 받는다. 겸손하게 우러러볼 무엇이 세계에 있는 것 같아 마음이 푸근해진다. 남의 나라에 살다보면 아주 어려울 때가 있다. 나는 성당에 앉아 가만히 있었다. 한 시간쯤 흘렀을까, 나는 울고 있었다. 왜 울었는가? 내 뜻대로 되지 않는 나날들이 나에게로 다가왔던 것이다. 그러나 좋았다. 성당에서 울고 있는 또 한 분을 보았기 때문이다. 아들을 잃은 마리아였다.

엘람인들의 비둘기국

기원전 1500년경에 살았던 고대 엘람인들이 먹던 비둘기국을 직접 끓여서 먹는 세미나를 했다. 쐐기문자로 전해 내려오는 요리법을 문헌학 선생님이 해독을 했다. 그 선생님의 집 부엌에서 우리는 실습을 했다. 비둘기 대신에 작은 닭을 샀다. 닭과 그 내장을 함께 넣고 굳은 기름을 잔뜩 넣어 볶는다. 거기 마늘을 넣고 물을 부은 다음 삶은 콩을 집어넣고 함께 끓인다. 국은 걸쭉하고 기름기가 많아 우리는 먹을 수가 없었다. 굳은 기름을 넣는 이유는 그 기름이 맑은 기름보다 열량이 많기 때문이었다. 그만큼 많이 움직였기 때문일까? 아무튼 엘람인들이 먹던 음식은 다이어트식은 아니었다.

종 모양의 토기,
그리고 과거를 바라보기,
아니 지나간 시간을
소처럼 우물거리기,
벗들을 그리워하기

주
인
석

벗
에
게

○

　지난가을 서울에 들렀을 때 인석씨 식구들과 보낸 저녁은
참으로 정갈하고 따뜻했습니다. 독일로 돌아오는 비행기 안
에서 한참 동안 그 저녁을 생각했습니다. 그러니까 그런 저녁
에 우리 셋이서, 인석씨와 경선씨 그리고 저, 그렇게 셋이서 그
런 맛깔스러운 밥상 앞에 앉아 있을 수 있었다니…… 맑게 부
친 밀전병에 가늘게 저민 달걀지단을 싸먹으며 오랜 시간을
격하고 불쑥 찾아온 저를 마치 시간이 우리 곁을 단 한 번도 거
칠게 지난 적이 없는 양 그렇게 반갑게 맞이한 두 벗.

　비행기를 타기 전에 저는 종로를 다시 한번 보고 싶었습니
다. 번쩍이는 간판과 출렁이는 젊은 친구들, 노점상과 지난 계
절에 히트를 기록했을 알지 못하는 노래들, 가게 문을 열어두
고 그 앞에 화덕을 놓고 백 개고 천 개고 쪄내던 찐만두, 그리
고 불을 환하게 켠 카페 안에서 진하게 화장을 한 여자아이들
이 힙합바지를 입은 남자아이들과 까르륵거리는 모습을 저는

한참 바라보고 있었습니다.

거의 십 년 전 제가 이 거리에서 벗들을 만나 영화를 보러 가거나 칼국수를 먹으러 갈 때도 이 거리는 그렇게 요란스러웠지요. 서태지의 노래와 〈그린 파파야 향기〉라는, 서남아시아의 향기가 가득하던 영화를 보러 다니던 시절, 1990년대 초반이었습니다. 최루탄과 전경들이 사라진 자리에는 불상스러운 풍요가 밀려들고 있었습니다. 그 거리에 서서 미래를 생각하면 미래는 아주 오지 않을 것처럼 멀었지요⋯⋯

비행기를 타고 유라시아 대륙을 지나면서 저는 고개를 흔듭니다. 그때 종로 거리에서 깔깔거리며 붕어빵을 먹던 시절, 저는 이렇게 거대한 대륙을 넘나드는 비행기 안에 앉아 오래된 벗들을 그리워하는 시절을 생각할 수 없었지요.

그리고 고대 근동 고고학이라는 아주 낯선 공부를 시작할 때도, 저는 이 공부를 위해서 낯선 나라에 이렇게 오래 머물러 있게 되리라고는 생각지 않았습니다. 그런데 이렇게 오래 머물고 있습니다. 공부라는 게 그리 요란스러운 일도 아니고 할

수 있는 여건만 되면 계속하는 것도 나쁘지 않으리라는 생각
은 늘상 해왔습니다.

제가 처음 발굴을 한 곳은 시리아 지역이었습니다. 에마르
라고 불리는 고대 도시를 발굴하기 위해서지요. 그 폐허는 시
리아를 가로지르는 유프라테스강 옆에 자리잡고 있었는데, 지
금은 거대한 댐 공사로 생긴 아싸드 호수에 반 이상이 매몰되
어버렸습니다. 매몰되지 않고 남은 폐허 자리를 우리는 발굴
했지요. 초기 청동기에서 후기 청동기를 거쳐 철기 시대의 유
물이 아직 물에 잠기지 않고 있었습니다. 새벽에 떠오르는 해
를 맞으며 발굴을 시작할 때 저는 수없이 반복되는 오늘과 수
없이 지나가는 어제 앞에서 깊은 숨을 들이쉬곤 했습니다. 과
거를 발굴해서 어제의 사실을 좀더 명확하게 밝히는 일이 우
리의 실존과 어떤 연관이 있는지, 우리의 실존이란 사실 오늘
의 일만으로도 힘들어서 허덕이는 게 아닌지, 그런데 어제라
니, 그것도 4000년 전이라니……

전쟁이 곧 일어날 것 같은 분위기는 중동 어디에든 있습니
다. 유럽의 식민지에서 벗어난 후에도 중동은 혼자 서기에 그
리 성공하지 않았지요. 에마르라는 고대 도시가 있던 곳은 지

금, 전기가 제대로 들어오지 않는 오지입니다. 그곳 여자들은 검은 두건을 쓴 채 우물로 물을 길러 나오지요. 마을 남자들은 서너 명의 아내를 거느리면서 양을 칩니다.

고고학 초기 시절 고고학자들은 피라미드나 궁전, 거대한 기념물, 금이나 보석 찾기에 열을 올렸습니다. 그 시절에 만들어진 전설 가운데 하나가 피라미드에 들어간 고고학자들이 파라오의 저주를 받아 죽었다느니 하는 이야기지요. 그러나 시절이 바뀌어 고고학자들은 더이상 그런 보물찾기에 열중하지 않습니다. 이제 중요한 것은 그 옛날은 어떤 일상의 모습을 하고 있었을까, 하는 것입니다. 때문에 거대한 유물이나 보석, 위대한 왕의 기념비보다는 작은 토기의 파편이 더 소중해집니다. 말하자면 이름 없이 사라져간 많은 이의 역사가 소중해진 것입니다.

기원전 5000년경 메소포타미아 지방에 관개 공사가 이루어지고 본격적인 농업이 개발되면서 복합 사회가 일어나기 시작했습니다. 인구가 늘어나면서 그 인구를 관리할 수 있는 정치적인 시스템도 생겨났습니다. 메소포타미아 지방에 있는, 기원전 4000년경 수메르인들의 옛 촌락을 발굴하다보면 어느 촌락이고 발견되는 것이 종 모양의 토기입니다. 수많은 종 모양의 토기가 발굴되자 고고학자들은 이 토기가 어떤 쓰임새를 가지고 있었을까 궁리하기 시작했습니다.

첫번째 유력한 가설은 이 토기가 곡식 배급을 위해서 쓰였을 거라는 생각입니다. 그해에 거두어진 곡식을 그 일에 종사한 이들에게 배분하기 위해서 일정한 양을 잴 수 있는 그릇이 필요했을 거라는 것이지요. 수메르어에서 '먹다'라는 뜻을 나타내는 '쿠'라는 그림 글자를 보면, 사람이 입을 벌리고 있고 그 입속에는 종 모양이 그려져 있습니다. 1970년대 초 메소타미아 지방을 답사했던 고대 근동학자 니센은 이 글자 모양을 빌려 종 모양 토기의 기능을 설명했습니다.

다른 가설은 이 토기가 빵을 굽는 데 쓰였을 것이라는 겁니다. 빵 반죽이 든 토기를 땅에 묻고 반죽 위에 토기 하나를 얹습니다. 그리고 불을 땝니다. 그러면 위로 아래로 겹쳐진 토기는 자연히 오븐 구실을 하게 된다는 것이지요. 아닌 게 아니라 이집트에서 발굴된 벽화 가운데 빵 굽는 그림이 있는데 오븐으로 사용된 기구는 이 종 모양의 토기와 비슷합니다.

어떤 가설이 옳은가, 하는 것은 두번째 문제입니다. 중요한 것은 역사를 들여다보고 해석하는 관점입니다. 거대한 기념물은 그 기념물대로 중요합니다. 그러나 역사는 거대한 기념물만으로 이루어지지 않습니다. 하루하루, 평범한 생활이 그 안에 있었고 많은 사람이 살아가고 있었습니다.

고고학자들이 거대한 유물 발굴에 열을 올릴 당시 유럽의 제국주의가 전 세계를 뒤흔들고 있었지요. 그때 세계 각 지역에서 식민지들이 발생했고 국가 간의 패권주의가 인류를 전쟁으로 이끌었습니다. 평범한 사람의 일상을 해석하는 것이 소중한 이유는 그 안에 평화주의의 정신이 깃들어 있기 때문입니다.

다시 저는 그날 우리들이 먹었던 저녁 밥상에 오른 두어 가지 반찬에 대해서 말하려고 합니다. 싱싱한 굴이 있었지요. 그리고 잘 무친 나물이 있었습니다. 1980년대와 1990년대를 통과한 우리는 그렇게 시간을 지나보내고 다시 둘러앉았습니다. 어느 한때 우리가 자주 얼굴을 보고 살던 시절, 그리고 자주 얼굴을 보지는 않더라도 지상에서 맺은 인연을 기억하면서 살 때, 우리를 맺어주던 작은 기억들, 그 기억을 우물거리는 술을 조금 마시고 일찍 잠을 깬 새벽녘, 그때 우리가 먹었던 굴이 우리의 미뢰를 치면서 울컥, 한 시절을 건드릴 때, 그 기억 속에는 이 지상에서 인간이라는 종이 가꾸어낸 평화 중에 가장 크고 그리고 가장 작은 평화가 깃들어 있음을 기억하려고 합니다……

하늘길, 지상길

밤에 마당에 서 있으면 흰 꽃들이 보인다. 어둠 속에서 꽃은 희게 빛난다. 문득 하늘을 본다. 하늘길 위를 비행기가 엉금엉금 걸어가고 있다. 하늘이 길인 것이다. 땅만큼 길인 것이다. 언젠가 하늘길을 다시 밟을 때 어둠 속에서 이 흰 꽃들을 다시 보았으면 좋겠다. 사무치는 빛. 그러면 하늘길을 돌아 지상의 길로 돌아올 수 있을 것 같기에…… 하늘에 묻힐 수는 없는 일 아닌가.

거품의 눈물

책을 버린다.

빛이 좋은 날을 골라 쓸모없다 싶은 책들을 골라내어 버린다. 짐이다, 싶은 것이다. 그 가운데에는 오래된 여행기도 있고 철학책도 있고 유행일 때 사놓은 심리학책도 있다. 책을 다 버리더라도, 혼자 생각한다, 버릴 수 없는 책이 있을까? 그 가운데 하나, 가난한 벗의 시집 하나, 이런 시가 들어 있는 시집 하나.

인생 혹은 거품의 눈물, 그 생애에 걸친 소금기, 눈물은 왜 바다처럼 찝찔해야만 할까, 폭풍우, 폭풍우도 없이……

진이정의 시, 「눈물의 인생」.

목장우유

'목장우유'라고, 집으로 배달되어오던 우유가 있었다. 병에 들어 있었는데 병은 둥글고 볼록했다. 오랫동안 그 병 모양을 잊고 있었다. 1970년대의 상표가 아닌가. 마치 닭표 간장이나 도라지표 위스키나 진양 포도주나 라면땅이나 농심 도시락면 처럼. 그러다 그 병을 다시 만났다. 수영장에 갔다가 샤워를 하던 중, '미스 허'인 나의 수영복 실루엣, 바로 그 목장우유 병. 당시 내가 목장우유를 마실 적, 나의 실루엣은 조금은 괜찮았으나 목장우유를 마셨으니 이십여 년이 지난 지금 그 병 처럼 될 수밖에.

사라의 집

아직도 불이 켜져 있는 저 집. 저 집에는 사라가 살고 있다. 그리고 그 아이의 병든 할아버지도…… 사라는 듣지 못하는 아이라 말도 못하나 잘 웃는다. 아침에 마주치기라도 하면 벙긋, 그렇게 잘 웃는다. 환한 해바라기 같다. 할아버지는 심장 발작을 자주 일으켜서 가끔 앰불런스가 그 집 앞에 서 있기도 했다. 지금은 밤 열두시. 왜 저 집에 불이 켜져 있는가. 아무 일이 없기를……

고마웠다, 그 생애의 어떤 시간

그때, 나는 묻는다. 왜 너는 나에게 그렇게 차가웠는가. 그러면 너는 나에게 물을 것이다. 그때, 너는 왜 나에게 그렇게 뜨거웠는가. 서로 차갑거나 뜨겁거나, 그때 서로 어긋나거나 만나거나 안거나 뒹굴거나 그럴 때, 서로의 가슴이 이를테면 사슴처럼 저 너른 우주의 밭을 돌아 서로에게로 갈 때, 차갑거나 뜨겁거나 그럴 때, 미워하거나 사랑하거나 그럴 때, 나는 내가 태어나서 어떤 시간을 느낄 수 있었던 것만이 고맙다.

문화인

버스 정거장에 서서 버스를 기다린다. 어둑어둑 어둠이 오고 있다. 비가 내리고 아직 버스는 오지 않고 시계를 집에 두고 와 지금 몇 시인지 알 수 없고 오줌을 누고 싶은데 가까운 거리에 화장실은 없을 때, 그때 정말 이 세상에서 나는 혼자이다. 경찰서 정보과에서 혼자 취조를 받을 때, 취조하던 경관으로부터 벗들이 서로를 배신했다는 거짓말을 들을 때보다 나는 더 혼자이다. 이럴 때 나는 친구가 아니라 나라도 배신할 것 같다. 거리에서 바지를 내리고 오줌을 누기에는 나는 너무 문화인이므로, 나를 배신할 것은 문화인으로서의 자아 말고는 나 가진 것이 없으므로.

버스 정거장에 서서 버스를 기다린다.
어둑어둑 어둠이 오고 있다.

하마 이야기

물가에 사는 동물이라서 사람들은 흔히 하마가 헤엄을 잘 칠 거라고 생각한다. 하지만 천만의 말씀. 하마는 물이랑 친하기는 하지만, 그래서 먹이를 구하느라 깊은 물까지 들어가긴 하지만, 헤엄을 치지는 못한다. 그들은 물속으로 걸어들어가는 것이다. 그러고는 걸어서 나오는 것이다. 머릿속에 물속의 땅길을 그려놓고 그 길 위로만 왔다갔다하는데, 그것도 모르고 갑자기 내린 비로 홍수가 나던 날, 어느 동물원에서는 다른 동물들을 큰물로부터 피신시키면서 하마는 헤엄을 칠 수 있으니까, 하고 그냥 두었다. 그 동물원의 하마는 다 물에 빠져 죽었다. 하마는 물속에서 땅길을 찾지, 물길을 찾지는 않는다. 땅길을 찾지 못한 하마는 죽는다.

고추 말리는 마을

햇볕에 약오른 고추 말리는 냄새. 가을이 올 무렵 마을에서는 고추 말리는 냄새가 났다. 할머니들이 쪼글쪼글한 손으로 고추를 하나하나 정성들여 다듬어 햇볕에다 넌다. 고추 말리는 냄새는 매콤해서, 그 옆을 지나치면 재채기가 난다. 햇볕에 고들고들해진 고추는 마르지 않았을 때보다 더 붉은빛을 띤다. 아니, 붉은빛이 지치고 지쳐서 검고도 붉은 다른 빛의 세계로 진입해들어간다. 발굴이 거의 끝나갈 무렵 터키도 가을이다. 작은 마을을 지나갈 때마다 고추 말리는 냄새가 났다. 이 나라 여인들도 고추를 말리고 있다. 우리나라보다 더 햇빛이 진한 이 나라의 고추는 더 맵고 독하다. 그러니 그 고추들이 검고도 붉은 다른 빛의 세계로 들어갈 때 더 매운 냄새를 풍긴다. 고추 말리는 마을이여.

목마름

그리고 그때, 병사가 돌아왔다. 그에게는 감자가 없었다. 누군가가 감자를 가지고 있었다. 그는 그 누군가를 쏘았다. 병사는 법정으로 왔다. 법관이 물었다, 왜냐고. 병사는 대답했다, 왜 안 됩니까?……

볼프강 보르헤르트의 글에 나오는 전쟁 후는 이렇게 목이 마르다. 지금 막 전쟁이 끝나려고 하는 지역에서도 이런 목마름이 번성할 것이다. 목마름이여, 우리를 지나가소서.

나는 단 한 번도

나는 아버지에게 단 한 번도 솔직했던 적이 없다. 내가 누구라고 말해본 적이 없다. 아버지가 아는 나는 아버지가 바라는 대로 보이는 나였다. 돌아가시기 직전(아버지는 약 삼 년 동안 암 병상에 계셨다) 아버지가 서울로 오셨다. 꼭 한 번 내가 일하는 곳을 보고 싶다고 하셔서 나는 일터로 아버지를 모시고 갔다. 내가 일하는 곳을 이렇게 저렇게 둘러보시고 나서야 아버지는 안심하시는 눈치였다. 우리는 한강으로 가서 유람선도 타고 이 이야기 저 이야기 많이 나누었다. 아버지가 어머니에게 잘해주라고 하셔서 그러지요, 했다. 그러나 나는 아버지에게 내가 누구라는 것을 말하지 않았다. 내가 누구이고 무엇을 원하고 무엇을 하고 싶고…… 다만 나는 아버지에게 잘 보이고 싶었다. 약한 아버지에게 상처를 드릴까 싶어 나는 잠자코 예, 예, 했다. 아버지가 나에게 당신이 누구라는 것을 말한

적이 없는 것처럼.

새의 풍장

겨울이 지나고 난 뒤 마당을 치운다. 지난겨울에 폭풍우가 있었다. 전나무 가지들이 마당 이곳저곳에 수북하다. 가지와 솔가리를 긁어내다가 지난겨울 마당에서 죽은 새를 보았다. 새는 가볍게 말라 있었다. 눈도 다리도 다 말라 갈빛으로 변해 있었다. 아무도 모르는 겨울 마당에 새는 혼자서 저를 풍장하고 있었던 것이다. 그 풍장의 시간 동안 새는 가벼워졌지만 그 시간 동안 집안에만 있었던 나는 무거워져 있었다. 언제 내가 나를 풍장하는 날이 온다면, 오 오, 그 나날 동안 옛날 나를 비켜간 미운 애인아, 살이 통통하게 올라 봄날, 헬스클럽을 찾기를, 여름에 얇은 옷을 입을 수 있도록.

죽음을 맞이하는 힘

지난여름 어떤 할머니를 보살피는 일로 학비를 벌었다. 그리고 겨울이 다가올 무렵 그의 아들에게서 할머니가 돌아가셨다는 소식을 전해 들었다. 할머니를 보살피는 일을 그만두고 난 뒤에도 우리는 가끔 만나 산책도 하고 커피와 빵도 같이 먹었다. 그때 할머니는 그렇게 말했다. "죽을 때 그냥 잠자듯이 했으면 좋겠어. 아들 녀석이랑 오늘 점심에는 뭘 먹을지 의논하고 장을 볼 계획을 세우고, 아들이 장 보러 간 사이 그렇게 잠자듯이." 나는 할머니가 어떻게 돌아가셨는지 아들에게 물었다. "점심때 브로콜리 수프랑 닭가슴살 구이를 먹자고 하셔서 장 보러 갔다 왔더니, 소파에 앉아 계시더군요. 어머니, 불러도 대답을 안 하셔서 가까이 다가갔더니……" 할머니, 힘센 할머니, 정말 말씀하신 대로 하셨군요. 사는 힘도 힘이지만 죽음으로 가는 힘도 힘인 것을.

호상

이탈리아, '만토바'라는 도시 근처에서 하룻밤을 보낸 적이
있다. 발굴을 마치고 독일로 돌아오는 길이었다. 발굴 차는 숙
소를 찾기 위해 한참을 길 위에서 보내다가 드디어 어떤 작은
마을에서 여관을 발견했다. 여관에 짐을 부려놓고 늦은 저녁
을 먹기 위해 한 식당으로 들어갔다. 화덕을 차려놓고 피자를
구워 파는 식당이었다. 식당에는 이미 한가득 손님들이 들어
앉아 있었다. 식당 주인은 우리에게 오늘 식당에서 가족 파티
가 열리니까 다른 식당으로 가라고 했다. 그때, 손님 가운데
한 사람이 "같이 앉지요, 괜찮아요" 해서 우리는 구석자리를
잡을 수가 있었다. 손님들은 다 한 가족이라는데, 모두 검은
옷을 입고 있었다. 시간이 흐르자 거나하게 먹고 마신 그들은
서로 붙잡고 춤을 추고 박장대소하고 노래를 불렀다. 우리에
게 자리를 권했던 이가 술을 권하며 우리 자리로 왔다. 그는

붉은 샴페인을 우리 잔에 부어주었다. "오늘 백열 살 된 할아버지를 묻었어요. 가족 모두가 그분의 삶을 축하하는 거랍니다." 검은 상복을 입은 이들이 호호가 하는 모습이 기묘하기는 했으나 어쩐지 아름다웠다. 거하게, 그리고 작게 살던 분이 저세상으로 갔다. 수를 다했다. 가족들은 명복을 빌면서 축제를 벌이는 것이다. 지상의 삶과 지하의 삶이 그렇게 맞닿아 있다.

인생?

러시아에서 온 젊은 학자와 선생님의 집에서 연말을 맞는
다. 선생님은 이 나라 사람들이 연말이면 으레 보곤 하는 코미
디 〈디너 포 원〉을 이미 비디오 레코드에 꽂아놓으셨다. 아주
늙은 할머니와 그녀의 늙은 시종꾼이 연말 정찬을 벌이면서
일어나는 소동. 젊었을 때는 그 정찬에 찾아온 손님들이 많았
으나 그들은 하나둘씩 지상을 떠나고, 이젠 혼자가 된 할머니.
그러나 정찬은 정찬, 시종은 모든 손님들이 다 그 자리에 있는
양 시중을 든다. 우리도 자리에 둘러앉아 정찬을 맞았고, 고혈
압인 선생님은 치즈를 욕심껏 드시다가 사모님께 꾸중을 들
었고(킥킥), 러시아 학자는 자기 나라의 연말 풍습을, 나는 우
리나라의 연말 풍습을 이야기했고…… 곧 정년을 맞으실 선
생님이 말씀하시기를, "아내도 내년에 정년이에요". 정년퇴임
을 하시고 나면 두 분은 여태껏 해온 것과는 전혀 다른 일을 할

거라고 하신다. 원래 바이올린을 켰던 선생님은 전쟁 후 돈이 없어서 음악을 그만두었다고 하시며 다시 바이올린을 하고 싶다고 하셨다. 사모님은 장미를 가꾸고 싶다고 하셨다. 나는 두 분이 원하시는 대로 되기를 마음으로 빌었다. 사십 년 동안 정해진 시간에 일어나 일터로 가서 정해진 일을 마치고 돌아와 다시 잠자리에 들고 깨어나 일터로 가고…… 충분하다는 생각…… 그런데 사모님 말씀. "되돌아보면 아무 일도 내 인생에 일어나지 않은 것 같아요."

호머 심슨의 세계

68세대의 사회 운동과 펑크 물결이 지나간 독일. 그뒤에 얻은 것은 무엇이고 잃은 것은 무엇인가. 얻은 것은 소위 자기를 발견하는 자각이었고 잃은 것은 자기 자신을 단련하는 힘이라고 사람들은 말한다. '모든 사람들은 다 중요하다'라는, 자기를 중심으로 세계를 진단하는 시각은 얼마나 큰 힘을 가졌는가. 그러나 그 힘을 받쳐줄, 자기를 단련시키는 힘. 데이비드 보이스가 누구든지 예술가가 될 수 있다고 일상 속의 예술을 말했을 때, 누구든 기타를 메면 기타리스트였고 누구든 마분지로 장난감을 만들면 예술가였다. 인간의 힘에 대한 믿음, 자부심. 그러나 기술을 단련시키는 힘이 뒤따르지 않는 자부심은? 수공예의 정교함을 잃어버린 세대. 누구도 자기를 단련시키려고 하지 않는 세대. 그 세대 가운데 하나가 핵발전소 안전시설을 관리하는 책임자가 된다면? 호머 심슨의 세계.

킬링 슈트라세,
양파 썩는 냄새가 나던 집

○

1

공룡의 후예로 이 지구상에 남은 것이 새라고 한다. 식탁 위에 올라오는 닭고기를 나는 그리 달가워하지 않는다. 닭도 닭이지만 닭보다 조금 더 큰 칠면조의 다리에 돋아 있는 비늘을 보면 섬뜩해진다. 그 비늘은 뱀이나 악어의 것보다 더 섬뜩하다. 비늘의 원형에 더욱 가까운, 그러니까 파충류 본래에 더 다가가 있는 듯한 느낌이 든다. 공룡이 이 지구에 살던 말기 무렵에 포유류가 겪었던 어떤 공포 같은 게 역시 포유류인 내 뇌세포에 박혀 있는 것일까. 아직 덜 진화했던 포유류에게 이미 진화할 대로 진화한 거대한 파충류는 두려움 그 자체일 것이다. 포유류는 원자 폭탄 말고는 그런 거대 폭력과 직면할 기회가 아직은 없었다. 그런가, 폭력은 무엇인가.

2

어느 해 봄, 나는 킬링 슈트라세라는 거리로 집을 옮긴 적이 있었다. 킬링 슈트라세는 외국인과 사회 복지 혜택을 받는 가난한 독일인들이 많이 모여 사는 곳이었다. 그곳에는 아파트촌이 즐비하고(그러니까 이곳에서 아파트촌이란 가난한 사람들이 사는 곳이다), 아파트촌 안에는 손바닥만한 어린이 놀이터가 있고 작은 슈퍼마켓이 있었다. 창문마다 빨래가 널려 있고 학교를 빼먹은 아이들이 놀이터 화단에 앉아 빠르게 담배를 돌려 피웠다. 가끔 화단에는 쓰다 버린 콘돔이 보이기도 했고, 화단 중간 중간에 설치된 쓰레기통에는 쓰레기가 넘쳐났다. 가난한 사람들은 게으르고 더러운가? 아니, 그들은 시간이 없다. 그들 가운데 많은 이는 청소를 하러 다니거나 공사장을 찾아다니며 끼니를 번다. 청소일을 하는 사람들은 하루에 두 번 이상 일을 하러 나간다. 새벽에 나갔다가 점심때 돌아오고 잠깐 쉬다가 오후에 또 한 탕을 뛰러 나간다.

그 거리에 방을 얻은 것은 기숙사에서 살기에 진력이 났기 때문이었다. 몇 년을 학생들 틈에 끼여 살다보면 더이상 학생들하고는 말을 하고 싶지 않을 만큼 마음이 고되다. 어느 날 기숙사 부엌에서 언제나 교회에 나오라고 설교를 하는 신학생이 내가 끓이는 된장국 앞에서 코를 막던 날, 나는 화가 머리끝까지 올랐다. 나는 어느 날 마음을 크게 먹고 집값이 싼 그곳에 방을 얻었다. 다섯 사람이 함께 사는 곳이었다. 학생들 틈에서 벗어나는 것이 좋았다. 혼자 사는 것이 지겨웠으나 턱하니 남자를 구할 만큼 시간이 많지 않았던 나는 대리 식구를 구하고 있었던 것 같다. 내가 불을 켜야만 비로소 환해지는 혼자 사는 방이 구덕구덕 마치 장마에 핀 곰팡이처럼 내 피부로 들어오는 것 같았다. 혼자 사는 일이 그리 싫은 것은 아니었으나 가끔은 누군가와 저녁에 아무 약속 없이 불쑥 이야기를 나누고 싶기도 했다. 그런 시도가 성공할 확률은 거의 영 프로에 가까운 거지만 아무튼 나는 그렇게 하기로 했다.

3

그 집안에 처음 들어섰을 때 내 코에 와락 들어서던 썩은 양파 냄새. 부엌을 구경하면서 한구석에 서 있는 플라스틱 통 안에 가득 들어 있는 양파를 보았다. 그 가운데 양파 하나가 썩어가고 있었지만 플라스틱 통을 거꾸로 쏟아부어 썩은 놈을 골라낼 사람이 그 집에는 없는 것 같았다. 이 집으로 이사를 들어올 경우, 내가 처음으로 할 일이 정해진 셈이었다.

토마스는 서른둘이고 그는 그때까지도 학생이었다. 나타샤는 열여섯이고 아무 하는 일이 없다. 그녀는 옛 소련 땅에 살던 독일인으로, 통일이 되자 독일로 돌아온 러시아계 독일인 3세였다. 다니던 고등학교를 집어치운 그녀는 사회 보장 연금으로 살아갔다. 게르드는 스물일곱. 집수리를 전문으로 하는데 그때는 실업자였다. 그의 애인은 루시. 그녀는 보스니아 전쟁을 피해서 독일로 온 처녀였다. 유고슬라비아에 살 때는 재단사 교육을 받았으나 독일로 와서는 재단사 일을 구하지 못해서, 아니 구하는 것이 허락되지 않아서 그녀는 청소 일을 다녔다. 그녀는 독일 정부에 전쟁 도망자 신청을 해놓고 이 나라에 체류 허가가 떨어지기만을 기다리고 있었다. 허가가 나야만 그녀는 직업을 구할 수가 있었다.

이들이 사는 집으로, 나는 책 몇 권과 중고 침대 하나와 옷가지와 헌 옷장 하나를 들고 들어왔다. 오후 두시. 집안에는 아무도 없었다. 한국인 친구들이 이삿짐 나르는 것을 도와주고 돌아간 뒤 나는 혼자 이삿짐을 정리하고 있었다. 옷을 개키고 있는데 누군가가 나를 불렀다.

"담배 있니?"

나는 돌아다보았다. 키가 작고, 통통한 얼굴에는 주근깨가 가득한 창백한 금발의 여자아이가 서 있었다.

"담배?"

"응, 하나만! 내일 갚아줄게."

여자아이는 나를 빤히 쳐다보고 있었다.

"임신을 해서 담배를 피우면 안 되는데, 겁이 나서…… 하나만 줄 수 있니?"

나에겐 담배가 없었다. 고개를 저었다.

"내일 갚아준다니까."

나는 다시 고개를 저었다.

"알았어."

그녀가 사라지고 난 뒤 나는 옷을 개키던 손을 멈추고 가만히 앉아 있었다. 누가 다녀가기는 한 건가, 누군가가……

그 아이가 나타샤였다.

저녁이 되자 그 집에 사는 사람들이 하나둘씩 집으로 돌아왔다. 토마스가 나타나고 게르드가 오고 루시가 돌아왔다. 나는 그들과 인사를 나누었다. 한 지붕 아래에서 살 사람들이었다.

"나타샤…… 나 이미 만나봤어. 담배를 찾던데…… 임신했니, 그애?"

토마스가 고개를 저었다.

"항상 그런 거짓말을 해. 임신했다고……"

그날 우리는 맥주를 가져다가 함께 마셨다. 새 식구를 환영하는 인사였다. 몇 가지 지침이 토마스로부터 왔다. 세탁기를 쓸 때, 요리를 할 때, 설거지를 할 때 유의할 점, 그리고 일주일에 한 번 있는 집안 대청소 등등…… 그런 말을 하고 있을 때 토마스의 손은 수전증 환자처럼 덜덜 떨렸다. 게르드가 가끔 토마스의 손을 붙잡아주었다. 루시는 동양인을 처음 만나는지 나를 신기한 동물 보듯 보다가 나와 눈이 마주치면 얼른 고개를 돌렸다.

"새벽에 일하러 나가서 일찍 잠을 자야 하니까, 저녁 여덟시부터는 조용히 해주었으면 좋겠어."

그녀는 하품을 하고 잔에 든 맥주를 단숨에 들이켜고 자기 방으로 사라졌다.

"루시는 언제나 피곤해. 일을 많이 하거든."

게르드는 자기 몫의 맥주를 마저 마시며 겸연쩍은 듯 말했다.

두 달쯤 지난 뒤 나는 루시와 가까워졌다. 칠흑처럼 검은 머리칼과 짙은 눈썹에 얇은 입술을 가진 그녀는 첫인상보다는 훨씬 부드럽고 웃기를 잘했다. 그녀가 웃으면 집안이 떠나갈 듯했다. 그녀는 새벽에 나가서 일을 하고 점심 무렵 집으로 돌아와 요리를 해서 게르드와 같이 먹고는, 잠깐 쉬다가 다시 오후에 일을 하러 가서 저녁 늦게 집으로 들어왔다. 게르드는 아침에 일자리를 알아주는 관청에 나가거나 하루나 이틀 정도 시간제로 일하는 곳에 잠깐씩 일을 하러 나갔다가 돌아왔다. 토마스는 학교에 나가는 일이 없었다. 그는 대부분 집에 앉아 있었다. 가끔씩 나가기도 했지만 수업을 들으러 학교에 가는 것 같지는 않았다. 부엌에 앉아 라디오를 듣거나 커피를 끓여 마시며 신문을 보거나 집에 전화를 거는 것이 하루종일 그가 하는 일의 전부였다. 나타샤는 처음 내가 이사하던 날 내게서 담배를 구했던 것처럼, 자주 내 방의 문을 두드려 비누나 생리대 따위를 빌려가곤 했다. 생리대를 빌리든 치약이나 샴푸나 비누를 빌리든 이유는 한 가지였다. 임신.

나는 얼마 있지 않아 나타샤의 남자친구라는, 그러니까 나타샤를 임신시켰다는 남자아이를 만나게 되었다. 내가 학교에서 돌아왔을 때 그 둘은 내 침대에 앉아서 감자칩을 먹고 있었다. 주근깨가 가득한 얼굴에 힙합바지를 입은 그 사내아이는 물론 내가 이 세상에 태어나서 단 한 번도 본 적이 없는 아이였다. 그런데 그 아이는 턱하니 내 담요까지 어깨에 걸치고 있었다. 나를 본 나타샤가 질겁을 하고 사내아이의 어깨에서 담요를 내려놓았다.

"얘도 임신했니?"

나는 목소리를 낮추려고 애를 쓰고 있었다. 나타샤는 침대에서 반쯤 일어선 상태였고, 사내아이는 침대에 그대로 앉은 채 나를 빤히 쳐다보고 있었다. 왜? 침대에 좀 앉아 있으면 안 되냐?

"나갈게, 화내지 마. 내 방 열쇠를 잃어버려서…… 오늘 산부인과에 갔다가 병원에다가 열쇠를 두고 왔나봐. 화내지 마, 응? 화내지 마."

나타샤는 갑자기 울음을 터뜨렸다.

"바보 같은 기집애야, 울긴 왜 울어! 나가면 될 거가지구."

사내아이는 발로 나타샤를 툭툭 찼다.

"때리지 마. 나, 때리지 말라구. 얻어맞는 거라면 우리 아버지한테서만으로도 너무나 너무나 너무나 충분해. 때리지 마, 그리고 나, 임신중이잖어."

"임신 같은 소리 하고 있네. 산부인과에 가긴 언제 갔다고. 이 기집애야, 내가 너 같은 멍청이를 임신시킬 것 같어?"

사내아이는 침대에서 휑하니 일어서더니 바깥으로 나갔다. 나타샤는 내 방 구석으로 가서는 벽을 향해 선 채 울었다. 들먹거리는 그 아이를 두고 나는 부엌으로 갔다. 내 손에는 학교에 들고 갔던 가방이 아직 그대로 있었다. 부엌에서 나는 우선 물을 한 컵 마셨다. 그러곤 숨을 한번 길게 들이마셨다. 오늘 밤에 내 방 침대에서 자긴 다 글렀군……

루시가 나타샤의 어머니에게 전화를 한 것은 나타샤의 방세가 세 달 치 밀려 있을 무렵이었다. 전화를 하고 난 뒤 루시는 내 방을 찾아왔다. 그녀가 직접 만든 피망 요리를 가지고.

"글쎄 말이야. 말을 하나도 못 알아들어. 독일말을 못하더라니까."

그녀의 독일어에는 슬라브어의 흔적이 짙게 배어 있었다.

"내 독일말을 못 알아듣나 싶어서 게르드에게 전화를 해보라고 했지. 마찬가지야. 나타샤의 아버지도 어머니도 말을 못 알아들어. 게르드에게 한번 가보라고 해야겠어."

만일 나타샤가 방값을 내지 않으면 우리들이 십시일반해서 돈을 채워야 했다. 석 달 치면 적은 돈이 아니었다. 루시는 한숨을 쉬었다. 그녀가 청소 일을 해서 버는 돈과 게르드가 시간제로 버는 돈을 아무리 합쳐봤자 빠듯한 돈이었다. 게르드가 실업 수당을 받고 있긴 했지만 그 돈을 헐어 나타샤의 방값을 낼 수는 없었다. 루시가 청소 일을 더 구할 수 없을 경우를 대비해서 두 사람은 그 돈을 신주단지처럼 모시고 있었다. 루시는 한숨을 쉬었다. 나 역시 대책이 없기는 마찬가지였다.

"내일 나타샤랑 이야기나 한번 해보자…… 그런데 수경, 너 양파 버렸니? 부엌에서 양파 냄새가 안 나."

나는 고개를 끄덕였다. 루시가 쿡쿡거렸다.

"미안하지만…… 양파가 썩더라도 그냥 내버려둘래? 우리 엄마, 그때 폭격 맞은 아파트 더미에서 못 나오시고 돌아가셨는데…… 양파 썩는 냄새, 참 좋아해서 언제나 부엌에서는 그 냄새가 났거든…… 사라예보를 떠나오고 난 뒤 그 냄새가 나면 꼭 옛날 그때, 그 집에 사는 거 같아서…… 웃기지? 난, 내가 겪을 거는 다 겪어봤다고 생각했는데, 옛집 냄새에 매달려서 부엌에 썩은 양파를 두고 사니…… 마음만 더 약해졌어, 무서운 거 겪다보니까……"

"전쟁, 겁나니?"

전쟁을 직접 겪어본 적이 없는 나는 물어볼 수밖에 없었다. 그녀는 머리칼을 쓸어넘겼다.

"아니."

그녀는 머리칼을 하나로 묶었다.

"처음이 겁나…… 전기가 나가는 첫날이 제일로 겁나는 날이야. 시체를 싣고 가는 지프를 처음 본 날, 군인들에게 윤간을 당한 여자들의 이야기를 처음 듣는 날, 그런 날들이 무서워. 엄마가 무너진 아파트 더미에서 못 나온 그날은 슬픈 날이었지 무서운 날은 아니었어…… "

그녀는 잠깐 자기 방으로 가더니 앨범을 가지고 왔다. 그녀가 들고 온 앨범 안에 또 작은 앨범 하나가 들어 있었다. 작은 앨범의 표지에는 그녀의 어머니로 보이는 젊은 여자 하나가 한껏 웃고 있는 사진이 붙어 있고 그 아래에 프랑스어로 이렇게 씌어 있었다.

꼭 다시 만나자, 네가 돌아오는 그날까지……

루시는 사진을 어루만졌다.

"엄마는 프랑스 사람인데…… 아버지는 전쟁에 나가야 했고…… 이차 대전 때 일이래…… 엄마는 날, 사십이 훨씬 넘어서야 낳았어…… 날 낳자마자 아버진 돌아가셨는데…… 어쨌든, 아버지가 전장으로 떠나기 전에 엄마는 이 사진첩을 아버지에게 주었지…… 아버지는 전쟁이 끝나고도 독일 군인으로 오해를 받아 러시아에 붙잡혀 있었지…… 그리고 전쟁이 끝난 지 육 년 만에 돌아왔어. 이 사진첩을 들고…… 꼭 다시 만나자…… 네가 돌아오는 그날까지……"

나는 그 여인의 사진을 들여다보며 그녀가 겪어야 했을 육 년이라는 세월을 짐작하려고 애를 썼다. 죽었는지 살았는지도 모르는 남자를 마냥 기다리는 시간, 꽃 피는 시간이 되면 그 여인은 또 무엇을 했을까. 꽃 지는 시간이 되면 그 여인은 무슨 일을 하고 있었을까. 썩어가는 양파 냄새를 맡으며 기다리는 시간을 자신의 개인사에서 지우려고 했던 걸까. 아무튼 그 남자는 돌아왔고, 그리고 세월이 흘러 두 사람은 이제 더이상이 지상에 없고, 그들의 딸은 이웃나라에서 청소를 하면서 즐겁게 산다.

방에서 나가기 전에 루시는 나에게 다가와 나직하게 일러

주었다.

"토마스가 또 시작했어. 조심해."

"뭘?"

"네 방 앞에 코를 박고 한참 서 있을지도 몰라, 오늘이나 내일 밤이나…… 놀라지 마. 이사 오고 난 뒤 두서너 달 뒤에 우리도 겪었으니까…… 밤중에 화장실에 가다 말고 얼마나 놀랐는지…… 그래도 다른 해코지는 안 하니까, 아니 여태껏 하지 않았으니까 놀라지 말어. 우리가 옆방에서 자니까, 혹시 무슨 일이 일어나면 금방 달려올 수도 있고……"

그날 밤 나는 애써 오줌을 참으면서도 화장실에 갈 수가 없었다. 새벽녘이 되어 더이상 참을 수가 없게 되었을 때 나는 침대에서 일어났다. 조심스럽게 문을 열었다. 문 앞에는 아무도 없었다. 나는 까치발을 하고 복도를 지나 화장실로 갔다. 볼일을 보고 화장실 문을 살그머니 열었다.

나는 까무러치게 놀라서 그 자리에 멈추어 섰다. 토마스가 화장실 문 앞에 우두커니 서 있다가 문을 열고 나오는 나를 뚫어지게 쳐다보고 있었던 것이다.

"……화장실, 비었어……"

토마스는 나를 향해 다가왔다.

"니네 여자들은 다 나쁘고 돈 때문에 남자들하고 결혼한다
고 언제나 울 아버지가 말했어…… 그래서 울 아버지는 울 엄
마가 잠잘 때 베개를 덮어 죽였어. 본래 돈 때문에 결혼한데다
가 결혼하고 난 뒤 나쁜 짓만 하다가 병까지 들었거든. 병원비
며 뭐며 울 아버지가 다 냈는데…… 울 아버지 말이 병을 숨기
고 결혼했다고 했어. 네 어미는 사람도 아니라고. 그래서 죽었
어……"

나는 비명을 질렀다. 루시와 게르드가 달려왔다. 토마스는
그 자리에 멈추어 선 채 움직이지 않았다. 그는 아직도 나직이
뭔가를 중얼거리고 있었다. 게르드는 토마스에게로 다가갔
다. 그러고는 그를 안았다.

"괜찮어, 다 괜찮아질 거야…… 겁내지 마. 다 지나갈 거
야……"

토마스는 그의 품에 그대로 안긴 채 중얼거리고 있었다.

"아버지가 엄마에게 가지 말라고 했어. 무덤에도 가보면 안 된
다고…… 그래도 가봐야지. 돈을 벌어야 묘지기한테 돈을 얼마
라도 줄 텐데…… 그래야 엄마한테 가볼 텐데…… 엄마한테."

다음날도 토마스는 한밤중에 복도에 나와 서 있었다. 그다음 날도 마찬가지였다. 그는 아무것도 먹지 않았다. 낮에는 자기 방에 들어앉아 나오지 않았고 밤이면 복도에 나와 서 있었다. 게르드는 나흘째 되는 날, 토마스를 병원으로 옮겼다. 그가 병원에 갇힌 것은 처음이 아니었다. 지난해에도 그는 정신병원에 두 달 동안 갇혀 있었다고 한다. 병원에 보낼 옷가지를 챙기느라 처음으로 나는 토마스의 방에 들어가보았다.

날짜 지난 신문지와 잡지, 옷 더미에다가 씻지 않은 접시와 컵이 방안을 뒹굴고 있었다. 방을 청소한 지 얼마나 오래되는지 방안에서는 곰팡이 냄새 같은 게 났다. 나는 스스로에게 짜증이 났다. 한집에 살면서 내가 그에게 관심을 가진 적이 있었던가. 나는 단 한 번도 그의 방을 방문해본 적이 없었다.

루시는 토마스의 이야기를 거의 다 알고 있는 듯했다. 그들은 이 집에서 거의 이 년이 넘게 함께 살고 있었다. 그사이에 서로 알 만한 일들은 다 알고 지낸 것이다. 루시는 토마스의 아버지도 잘 알았다. 하지만 토마스가 주장하는 대로 그의 아버지가 정말로 병든 어머니를 죽였는지, 그것만은 루시도 알지 못했다. 병으로 토마스의 어머니가 죽은 건 사실이었으나 어떻게 죽었는지, 어떻게 알 도리가 있을까.

"하지만, 하나는 분명해. 토마스는 어릴 때 아버지에게 많이 얻어맞았어. 나타샤도 그렇고. 그애가 자꾸 임신했다고 거짓말을 하는 걸 보면 마음이 아파. 언젠가 나타샤가 말했어. 하도 아버지가 때려서 자기도 모르게 나 임신했어, 라고 했더니 아버지가 더이상 때리지 않더래. 그래서 무슨 일만 생기면 버릇처럼 그런 말을 하게 되었다는 거야."

4

나타샤의 아버지라는 사람이 나타났다.

나타샤처럼 작은 그는 러시아어 악센트가 섞인 독일어를 했다. 그는 우리를 위해 포도주 한 병을 들고 왔다. 부엌에 잠깐 앉아 물을 청해 마신 그는 나타샤의 밀린 방값을 계산했다. 그러곤 사라졌다. 그와 나눈 말이 얼마 되지 않아서 그가 어떤 사람인지는 알 수 없었다. 집을 나가기 전에 나타샤의 아버지는 나에게 물었다.

"학생이오?"

"예."

"대학생?"

"예, 늙은 학생이에요."

"그애가 대학생 되는 거 보려고 여기까지 살러 왔는데……"

5

루시와 나는 베란다에 앉아 맥주를 마셨다. 게르드가 잠깐 집에 가고 없을 때였다. 루시는 고향에서 들고 온 음악을 나직하게 듣고 있는 중이었다. 토마스는 서너 달 이상 병원에 있어야 했고, 그의 아버지에게 연락을 했으니 이제 그의 아버지가 그를 돌볼 것이다. 우리는 조금은 느긋해졌다.

"나타샤 아버지 말이야, 그리 보이지 않아."

"어떻게?"

"자기 딸을 팰 사람처럼 보이지 않는다구."

나는 루시가 마치 사실을 다 알고 있는 듯 그녀에게 다그치듯 물었다.

"나타샤가 거짓말을 한 거 아냐? 아버지가 저를 그렇게 죽도록 팼다고."

루시는 베란다 너머로 보이는, 하나둘씩 불이 켜지기 시작한 맞은편 아파트를 바라보고 있었다. 그녀는 맥주를 홀짝거렸다.

"옛날에는 불이 새어나오는 집을 보고 있으면 참 평화로워

보였는데…… 이제는 아냐. 저 집안에는 정말 무슨 일이 일어
나고 있을까, 싶어."

"정말 그 아버지가, 그 순해 보이는 사람이 자기 딸을 죽도
록 팼다구? 너, 그렇게 생각하니?"

"순해 보이니 집 밖에서 다른 사람들한테 많이 맞아서 집안
에서는 식구들을 팼는지도 모르지 뭐."

베란다 저편, 우리들이 사는 집안에서는 여전히 양파 썩는
냄새가 나고 있었다. 루시의 옛집 냄새.

6

폭력에 대한 이야기를 하면서 나는 닭고기에 대해서 그렇게
친절한 말을 하지 않았다. 미안하다, 닭고기야. 어쩌면 먹는다
는 것, 그것 자체가 폭력을 기반으로 하는지도 모른다. 내가
닭고기를 먹기 위해서는 닭 한 마리가 죽어야 한다. 육식 공룡
들에게 작은 초기 포유류들은 먹이였을 것이다. 포유류를 겁
주기 위해 그 거대한 존재가 이 지구를 어슬렁거리지는 않았
을 것이다. 먹는 것이 문제가 아닌 다른 것이 문제인 폭력에
게, 그렇다면 우리는 어떤 이름을 붙여야 하는가. 존재여, 폭
력이 네 생명의 근원이다.

에어리어 51

한 사회에 비밀이 많으면 그 사회는 병든다. 소위 에어리어 51. 그 안에서는 무슨 일이 벌어지고 있는가. 어느 미국인의 말. "그 안에서 달 착륙을 촬영했어요." 그의 주장에 따르면 아폴로 11호는 달에 착륙한 적이 없다고 한다. 러시아보다 먼저 달에 미국 깃발을 꽂아야 했던 냉전 시대 정치극의 일종이었다는 것. 달 착륙을 조작 촬영하던 곳이 바로 에어리어 51이라는 것. 펜타곤 사람들은 그 주장을 재고할 가치가 없는 망언이라고 논평했지만…… 그뿐인가, 어떤 이는 외계인이 그곳에 있다고 하고 어떤 이는 우주선이 그곳에 있다고 하고 어떤 이는 또 무엇 무엇이 그곳에 있다고 한다. 어떤 사회에든 에어리어 51은 있다. 그 안에서 무슨 일이 벌어지고 있는지 작은 시민인 나는 알고 싶다.

부정

홀어머니를 박대한 적이 있는가? "아니!"라고 나는 펄쩍 뛴다. 아니라고, 아니, 아니, 아니라고, 나는 고개를 흔들고 흔든다. 불쑥 내 속에 사는 누군가가 묻는다. 한 번 아니라고 했으면 그만이지, 반시간 너머 고개를 흔들고 있으면 어쩌겠다는 건데?

광우병

광우병의 원인은 소들에게 동물성 사료를 먹였기 때문이라고 한다. 초식 동물인 소에게 육식을 하라고 했으니 소가 미친병으로 가는 것은 어쩌면 불 보듯 뻔한 일이 아닌가. 동물성 사료를 만드는 공장. 도축장에서 온 돼지나 소나 닭을 도살하고 팔 수 있는 고기들을 제외하고 남은 것들. 그러니까 닭 머리나 돼지 내장이나 병아리 감별원으로부터 수놈 판정을 받은 병아리들. 그것들을 가루로 부수어 사료를 만든다. 스테이크를 위하여 키워지던 소들이 그 사료를 위로 넘긴다. 영국 들판에서 미친병이 든 소들을 모아놓고 불로 태워 죽이는 장면을 텔레비전에서 보았다. 울부짖는 소 그림이 머릿속을 떠나지 않았다. 페스트가 돌던 시대, 시체 사이를 돌아다니며 세계 멸망의 전조가 온 거라고 외치고 다니던 미친 예언자의 시대가 떠올랐기 때문이다. 작년에 광우병 문제로 독일이 시끄러웠을 때, 아무도 쇠고기를 먹지 않으려고 하는 통에 땅값으로 떨어지던 쇠고기값을 안정시키기 위하여 독일 정부는 쇠고기를 사들여 그 고기를 북한으로 보냈다. 물론 그 고기들은 광우병에 걸리지 않은 고기라고 독일 정부는 보장했다. 그러나……

누워서 바다를 지나가기

이태리에서 그리스로 들어가서 다시 그리스의 협곡을 지나 터키 국경을 지나기 위해서는 반드시 배를 타고 지중해를 통과해야 한다. 이태리 항구 앙코나에서 그리스의 항구 이글로니메차로 가는 배 안. 꼬박 하루가 걸리는 거리. 비용을 줄이기 위해 배 안에 있는 방을 구하지 않고 갑판에서 하룻밤을 잔다. 침낭을 깔고 시끄러운 모터 소리를 참으며 누워 있다. 이 바다는 마치 호수 같다. 바람은 바닷바람인데 물결은 호수 같다. 별은 빛나고 물결은 차다. 이 바다를 이렇게 누워서 지나가게 될 줄은 몰랐다. 역사책에서만 배운 바다. 이 바다를 사이에 두고 오리엔트와 유럽 문명이 서로 오갔다. 전쟁이 오가고 평화 사절이 오가고, 평화 사절 속에는 정략결혼을 위해 고향을 떠나가던 여인들도 있었다. 바에서 가져온 찬 맥주. '암스텔'이라는, 유럽 각 지역에 퍼져 있는 맥주다. 나는 아직 역사 속에서만 알던 곳을 지날 때 그곳을 그 풍광대로 즐길 수 있을 만큼 단련이 덜 되었다. 다만 지금 이 순간 물결과 별과 해, 바람만 즐기면 되는데 역사니 뭐니 했다. 지중해여, 아주 평범한 이 지구의 한 바다여. 나랑 맥주 한잔합시다. 가난한 주머니를 털어 오늘 호사를 하기로 마음먹었답니다.

내 친구 히틀러?

미시마 유키오의 희곡인 「내 친구 히틀러」가 베를린에 있는 작은 극장 무대에 올려졌을 때, 연출가는 미시마 유키오의 희곡이 전하는 아름다움에 주목해달라고 말했다. 그 희곡이 가지는 정치성은 미시마 유키오가 전하려고 한 것이 아니었다는 항변이었다. 그러나 히틀러 문제가 나오면 조금은 시끄러운 곳이 독일이다. 과거를 청산하는 문제에서 아직 그들은 자유롭지 못하다. 극우 문제가 지금도 요란한 이곳에서 히틀러의 문장을 팔에 두르고 독수리를 향하여 팔을 올리는 간판이 나붙은 극장 앞을 지날 때, 사람들은 미시마 유키오의 세계가 전하려고 한다는 아름다움에 감동하지 않는다. 다만 흠칫 놀란다. 청산되지 않은 시대를 두고 다시 다른 시대를 시작하려는 일에는 망설임이 필요하다.

원자력 발전소를 지나며

프랑스를 여행한 적이 있다. 프랑스의 르와르 지방을 지날 때이다. 동행한 친구 가운데 하나가 하늘을 향해 둔중하게 솟아 있는 실린더를 가리켰다. 그러면서 저게 바로 그랑 나시옹('위대한 민족'이라는 뜻)의 힘이라며 자조 섞인 말을 했다. 그 친구는 프랑스인이었다. 프랑스인들은 그 발전소 앞에 캠핑차를 세워두고 소풍을 하거나 그 앞에서 발전소 사진이 박힌 우편엽서를 사기도 했다. 나는 어이가 없었다. 아니 원자력 발전소 옆에 마을이 있고 사람들이 왔다갔다한단 말이지. 만일 그 가운데 하나가 폭발한다면? 유럽이 다 폐허가 될 텐데? 마치 시한폭탄 옆이라도 지나는 듯한 기분이 들어 섬뜩해졌다. 그러나 그들은 그들의 말대로 그랑 나시옹. 이 지구가 다 폭발해도 그들은 그들을 구원하겠지 뭐, 프랑스인 친구는 그렇게 덧붙였다.

끓인 맥주

내가 사는 뮌스터라는 지방의 명물 중의 하나가 끓인 흑맥주이다. 여름에 음료수로 많이 마시는데, 흑맥주에다가 설탕에 절인 과일을 넣고 끓기 직전까지 맥주를 데운다. 그러니까 정확하게 말하면 데운 맥주인 셈인데, 다시 그 맥주를 차갑게 식혀서 먹는 것이다. 맥주를 워낙 많이 마시는 이곳에는 맥주를 활용해서 만드는 음식도 다양하다. 쇠고깃국에다가 맥주를 넣어서 함께 끓이기도 한다. 듣기만 하면 참 이국적인 비법 같지만, 맥주를 주로 마시는 지방에서 살다보면 그런 음식은 더이상 이국적이지 않다. 김치를 넣고 우리가 백 가지 음식을 만들어내는 것과 크게 다르지 않은 것이다. 맥주여, 김치여, 아름다운 명물이여.

목련꽃 그늘에 누워

사월이 되어 목련꽃이 피면 하루종일 그 노래가 생각난다. 목련꽃 그늘에 누워('누워'라고 했던가, 아니면 '앉아'라고 했던가) 베르테르의 편지를 읽노라…… 아 아 멀리 떠나와서 이름 없는 항구에서 배를 타노라…… 빛나는 꿈의 계절아, 눈물 어린 무지개 계절아…… 이름 없는 항구에서 배를 타는 마음, 그리고 사월이다. 난만하게 피는 꽃, 두고 온 사람, 그 흐트러진 낭만의 마음 한가운데에 등불처럼 나를 밝히는 것들. 그런 낭만이 내 생애를 후리고 지나가며 어느 한 시절 좋이 술을 마시게 했던가.

이 지상의 집값

여행을 하다가 시간이 남아 기차 출발 시간을 기다리며 독일 북부 해안 도시를 산책할 때이다. 마침 복덕방 앞을 지나게 되어 그 앞에 붙어 있는 집의 사진과 값을 훑어보았다. 이 도시에 있는 집값은 얼마나 되는가. 이 도시 사람들은 얼마나 일을 해야 집 한 채를 장만하나. 그리고 내가 평생 일을 한다면 이 도시에서 집을 한 채 살 수 있을까? 그중에서 마음에 든 집 한 채. 정원이 있고 방이 다섯 개에다가 너른 거실이 있고 큰 부엌이 있고 벽난로가 있는 이층집. 이십오만 유로. 우리나라 돈으로는 약 얼마가 될까? 숫자에 약한 나는 그 앞에서 한참 계산을 하다가 그만둔다. 내 힘으로 계산이 되지 않는 돈이라면 내가 벌 수 없는 돈이리라는 생각 때문이다. 집값 계산조차 제대로 못하는 나에게 집이 제 발로 걸어올 리는 없지만 기차를 기다리는 그 시간, 아주 작은 아파트라도 한 칸, 언젠가 장

만한다면…… 하고 생각한다. 열심히 일하면 될까? 그러나 일도 일 나름. 공부한답시고 엎드려만 있다보면 머지않아 쪽박을 차리라. 그것도 깨진 놈으로.

이른 봄 음식

그 작은 전나무 밑에는 누구인지 이름을 알 수 없는 이의 무덤이 있고, 그 곁에는 봄이면 참쑥이 그렇게도 많아 열 살의 나는 그곳으로 자주 쑥을 캐러 가곤 했다. 어른들은 무덤 곁에서 자라는 쑥은 먹지 못한다고 했지만 나는 믿지 않았다. 여리고 은은한 향이 도는 쑥을 연필 깎는 칼로 슥슥 베어서는 한아름 광주리에 담아 집으로 왔다. 어머니에게는 그 쑥이 어디에서 왔는지 말하지 않았다. 찹쌀가루와 쌀가루를 섞어 버무려 쪄내는, 쑥털털이라는 조금은 야릇한 이름을 가진 음식을 나는 그렇게 좋아했다. 씁쓰름한 쑥맛에다가 잘 익은 쌀 내음이 도는 그 맛. 다 먹고 난 뒤에도 그릇을 코에다 대고 나는 한참 냄새를 맡곤 했다.

또 어머니는 봄이 되면 그 쑥에다가 어린 봄 굴을 넣고 된장을 풀어 국을 끓이곤 했다. 곁들여 나오는 것은 달래무침이나 냉이무침이다. 봄나물들은 향기가 강하고 쓴맛이 돈다. 봄 부추는 연하고 봄배추는 어리고 달다. 겨울 내내 김치에 지친 입맛을 돌리는 데 최고이다.

경기도의 산골 지방 육읍에서 움파, 멧갓, 승검초를 올린다. 멧갓은 이른 봄 눈이 녹을 때 산속에서 자라는 개자이다. 더운 물에 데쳐 초장에 무쳐서 먹으면 맛이 몹시 맵다. 그래서 고기를 먹은 뒷맛으로 좋다. 승검초는 움에서 기르는 당귀의 싹이다. 깨끗하기가 은비녀의 다리 같다. 꿀을 그 다리에 끼워 먹으면 매우 좋다.

『동국세시기』에서는 입춘에 먹는 음식으로 이렇게 땅에서 갓 나온 놈들을 불러모아두었다. 파란 쑥과 노란 부추의 봄 채반을 읊은 소동파의 시도 인용해두었다. 봄날, 나는 숲을 걷다가 새로 나온 이파리와 봄풀 사이에서 『동국세시기』의 입춘을 생각한다. 멀리 있는 내 마을에서 새로 돋아드는 이파리들이여.

말, 말

　독일의 큰 도시의 역에서 기차를 기다리고 있다보면 종종 한꺼번에 많은 언어를 듣게 된다. 유럽의 각 지역에서 온 여행객들의 언어들. 영어, 프랑스어, 스페인어, 일본어에다 중국어까지. 그리고 우리말도…… 말 가운데 서 있는 느낌. 한꺼번에 여러 가지 언어를 듣는 경험은 우리나라에서는 해보지 못한 것이었다. 바벨탑을 세우는 데 한몫을 한 일꾼들이 바벨탑이 건설되고 난 뒤 갑자기 서로 다른 언어를 쓰게 된 순간을 경험하는 느낌이다. 성경은 '서로 다른 말을 쓰는 것'을 재앙 가운데 하나라고 전한다. 인간의 오만을 경계한 것이라고 한다. 그러나 인터넷에 들어가서 뭔가 찾으려고 우물거리다보면 어쩐지 언어가 하나로 통일된 것 같은 느낌에 당황한다. 다들 같은 인터넷 언어를 쓰고 있는 것이다. 인간이 각각 다른 언어를 사용하는 것을 성경은 '벌'이라고 말한다. 하지만 한 인간의 언어는 그 인간의 고향이 아닌가. 인터넷 안에서 그 언어들이 무참하게 벌목되는 것을 본다. 한 언어로 통일된 세계가 서로를 교통하는 데 참으로 효과적이라는 데는 동의하면서도 그 효과적인 길을 가기 위해 생살을 자르고 있는 느낌이다.

산지기의 집

한 친구의 아버지는 괴팅엔이라는 도시 근처의 작은 마을에서 산림을 돌보는 이다. 친구의 생일에 그곳을 방문한 적이 있다. 마을에서 오 킬로미터 떨어진 곳에 집이 있었다. 친구의 말로는 눈이 많이 오는 겨울이면 자주 학교에 가지 않아서 좋았다고 했다. 친구를 도와서 생일 파티를 준비하고 있을 때였다. 친구는 나에게 맥주를 좀 가져다달라고 했다. 맥주 박스는 집 뒤편에 있는 냉동 창고에 있었다. 친구가 시키는 대로 냉동 창고를 겨우겨우 찾아내서 창고 문을 열었을 때 나는 놀라서 숨을 멈추었다. 창고에 이제 막 잡은 산돼지가 매달려 있었던 것이다. 산돼지는 아직 죽은 지가 얼마 되지 않았는지 죽은 냄새와 산 냄새를 동시에 풍기고 있었는데, 산 냄새와 죽은 냄새가 엇갈리면서 내 위를 뒤집어놓았다. 나는 숨을 크게 들이마셨다. 그러곤 맥주 박스를 찾았다. 맥주 박스는 바로 산돼지

밑에 놓여 있었다. 하는 수 없는 일. 그 친구의 생일날, 나는 죽은 냄새와 산 냄새에 들린 맥주병을 들고 친구의 생일을 축하해야 했다.

전쟁과 졸업

어떤 글 쓰는 이는 『전쟁과 평화』라는 큰 소설을 썼지만 나는 「전쟁과 졸업」이라는 작은 글을 쓰려고 한다. 전쟁이 왜 일어나는지, 그 안에서 어떤 인간의 이야기가 벌어지는지 그리고 평화란 도대체 무엇인지, 이런 사색을 할 만큼 변변치 못한 까닭이다. 코소보 전쟁이 유럽을 뒤흔들 무렵 나는 기한을 받아두고 석사논문을 쓰고 있었다. 논문을 제출하고 구두시험을 보아야 하는 일정이 내 앞에서 똬리를 틀고 앉아 있었으므로 나는 제정신이 아니었다. 새벽에 일어나 커피를 끓이면서 텔레비전을 틀면 나토의 비행기가 코소보 쪽으로 향하고 있었다. 독일인들은 나토의 일원으로 전쟁에 참여하는 문제를 두고 시끄럽게 논쟁하고 있었고, 우체카의 군인들이 미국에서 동유럽 쪽으로 오고 있었으며, 사람들은 매일매일 떼로 죽어가고 있었다. 뉴스를 뒤로하고 연구소로 가서 논문을 쓰다가 밤이면 기숙사로 돌아와서 잠을 설치고, 다시 새벽에 일어나 커피를 끓이면서 텔레비전을 틀면 전날과 마찬가지로 비행기는 도시들을 폭격해댔다. 논문의 주제는 '초가 미쉬'라는 지금의 이란 땅에 자리잡은 작은 도시의 기원전 4000년경 상대 연대기 연구. 연대를 매길 수 있는 토기나 다른 유물들의 사진을 들여다보면서, 그리고 발굴 기록을 들여다보면서 나는 무기력해졌다. 도대체, 이런 아카데미의 고상한 놀이가 지금의 전쟁과는 무슨 관계가 있는가. 그런 질문 가운데 논문은 끝났고, 코소보 전쟁도 서서히 끝을 보이고 있었다. 그러나 나의 무기력은 끝나지 않았고, 그 무기력과 함께 나는 졸업을 했다.

그것

아는 분 가운데 귀신 이야기를 참으로 잘하는 분이 있었다. 그분은 다른 이에게서 들은 귀신 이야기를 자기 방법으로 각색해서 들려주거나 때때로 스스로 만들어낸 이야기를 해주기도 했는데, 어찌나 실감나게 하는지 듣고 있으면 정말 귀신이 내 옆에서 서성이고 있는 듯한 느낌이 들곤 했다. 소심하면 주의 깊기라도 해야 하는데 소심한 나는 주의 깊지도 못해서 큰 실수를 한번 했다. 그분과 함께 고문박물관을 방문한 것. 박물관에 전시된 중세의 고문 가운데 물 빠진 갯벌에 있는 늪에다가 사람을 빠뜨리는 방법이 있었다. 박물관에서는 그 장면을 그림으로 재현해놓고 있었다. 늪에 빠진 남자가 황망한 표정으로 우리를 보고 있었다. 밀물이 밀려오고 있는데도 늪에서 빠져나오지 못하는 그 남자는 시시각각으로 그에게 다가오는 죽음의 순간을 기다리고 있었던 것이다. 오싹해서 주위를 둘러보았다. 박물관 안에는 그분과 나, 둘뿐이었다. 그분은 심각하게 그 그림을 들여다보고 있었다. 나는 얼른 그 자리를 피하고 싶었다. 그분이 또 어떤 귀신 이야기로 나를 공포로 몰아넣을지 알 수 없는 일이었기에. 그런데 그분은 자못 진지하게 말을 건넸다. "스티븐 킹의 소설 『It』에 나오는 그 It이라는 거 말야. 그건 '나'의 한 부분이야. 내 속에 든 공포가 만들어내는 공포를 그렇게 부르는 거지. 정체를 알 수 없는 공포가 시시각각으로 달려오는데, 그 공포를 우리는 피할 수 없어. 왜냐하면 내 스스로가 만들어내는 거니까. 공포에 대한 환영이 빚어내는 공포인 게지." '그것'이라는 것. 내 속에 들어앉아 있는 공포, 내가 내 스스로에게 만들어내는 공포……

그 끝에는 죽음이라는 공포가 도사리고 있는 건가.

지극한 마음

누구는 언덕에다 집을 짓고 누구는 산 위에다가, 누구는 해변에다가 혹은 강변에다가 집을 짓는다. 살기가 적당한 곳에 자리잡은 집들. 그러나 어떤 이들은 자연 위에다가 집을 짓지 않고 자연 안에다가 집을 짓는다. 터키의 괴레미라는 곳은 석회암이 바람을 맞으며 풍화한 곳. 석회암석들은 바람에 녹아서 마치 케이크에 올려진 슈크림처럼, 버섯처럼 서 있다. 종교 박해에 쫓기던 사람들은 암석 안에다가 집을 짓거나 교회를 짓고 그곳에서 살았다고 한다. 바람에 풍화된 석회암도 그렇지만 그 안에다 굴을 파고 그 굴 안에서 바깥을 향하여 창문을 낸 이들도 참으로 지극하다. 그들이 왜 그곳까지 쫓겨왔는지 역사책을 들여다보면 알 수 있겠지만, 알고 싶지 않은 마음. 우선은 그 자연의 지극함과 사람들의 지극함을 느끼고 싶은 마음……

기숙사의 봄을 맞으며
떠나올 때를 생각하기,
혹은 아직 낯선 곳에
머물고 있는
이유를 생각하기

혜
경
에
게

○

마르부르크에서 지내던 시절, 그곳에는 강이 있어서 자주
강 바라기를 하러 나갔단다. '란'이라는 이름을 가진 그 강 언
저리에서 강 바라기를 하고 있으면 마치 진주에 있는 듯한 느
낌이 들어서 마음이 가뿐해지곤 했지. 여기 뮌스터라는 곳에
살면서는 한동안 강을 볼 수가 없었단다. 이곳에는 강이 없어.
독일에는 참 작은 바다가 있지. 이 사람들이 북해라고 부르는
바다에 딱 한 번 간 적이 있는데, 그곳은 하루종일 어두침침하
고 안개가 자욱이 깔려 있어서, 내 고향 근처에 있던 남해와는
영판으로 달라서 실망을 한 적이 있단다.

언젠가 한국에 갔을 때 너랑 네 동생들이랑 함께 남해를 실
컷 봤던 거, 너 기억하니? 다시 독일로 떠나올 때도 마음 맞는
친구와 함께 나는 동해를 찾아갔단다. 그곳을 떠나면서 물 근
처만 어슬렁거리고 다녔던 기억. 왜 그런지, 왜 그랬는지……
나는 네 동생들을 참 좋아하는데, 그애들에게서 풍겨나오던

순정 같은 거, 그런 거 때문은 아니었는지 몰라. 막내가 나 왔다고 제가 우유 배달하던 지프를 몰고 나와서 우리를 광안리로 데리고 간 거, 너 기억하니? 그리고 광안리에 있는 어느 찻집에 앉아 있던 기억. 너랑 나누었던 이야기들은 하나도 생각나지 않는데, 다만 그 바다에서 나던 냄새만은 내 코를 스치고 지나간다. 찻집에서는 사뭇 폭력적이기까지 한 진한 커피를 끓이고 있었는데 그 커피 냄새를 이기고 밀려오던 바다 냄새……

기숙사에 봄이 오는 기척은 창으로 내려다보이는 잔디밭을 보면 그렇게 선명하게 보인다. 잔디밭에 이른 민들레가 피기 시작하고 수선화가 꽃망울을 달기 시작하고 그리고 잔디밭으로 토끼들이 어슬렁거리면 봄이 오고 있다는 증거지. 버스 정류장에서 기숙사로 걸어들어오는 길에 벚나무가 있고 목련이 있는데, 봄이 올 무렵이면 기숙사로 들어오기 전에 한참을 들여다보곤 한단다. 나무가 환한 꽃을 피울 때에도 가끔 이곳엔 진눈깨비가 오기도 해서 나는 가끔 진눈깨비 속에 흔들리는 꽃들을 볼 수 있었지. 다음날 그곳으로 가보면 꽃들은 땅바닥에 널브러져 있고 누군가가 그 위를 밟고 간 흔적. 으깨어진

꽃잎을 들여다보면 환한 박하향 같은 봄이 갇혀 있던 흔
적……

　떠나올 무렵, 나는 '정리'라는 것을 하고 있었다. 그러니까
살던 집을 정리하고 이삿짐 센터에 연락을 하고, 독일 대사관
을 들락거리며 비자 신청을 하고, 기다리고, 비자를 받고 하던
일들. 독일에 단 한 사람도 아는 사람이 없던 그 시절, 마치 누
군가가 나를 기다리고 있는 것처럼 그렇게 급하게 짐을 싸던
때. 아는 선생님께 인사를 드리러 가고 그분 따님의 결혼식을
축하하기도 하면서 사람들 사이에 섞여 나 혼자 먼먼 이별을
하고 있던 그때.

　……이곳 기숙사에서 나는 벌써 일곱번째 새봄을 맞고 있
다. 컴퓨터를 켜놓고 멍하니 앉아 있기도 하고, 테트라 팩에
든 포도주를 한잔 마시기도 하고, 그리고 너랑 함께 돌아다녔
던 바다를 생각한다. 지방 대학 국문과에 다니던 시절, 그때
우린 가끔 마주앉아 술을 마시기도 했지. 남해 바다 햇볕에 마
른 쥐포가 곁에 있기도 하고 그날 서투르게 네가 담근 김치가
있기도 하고 두부를 넣고 끓인 찌개가 우리 앞에 있기도 하고.

그때 우리가 나누던 이야기는 하나도 기억나지 않는데, 웃기는 일은 말이 많은 건 내 쪽이었는데 정작 내가 그 많은 말을 하나도 기억하지 못하다니…… 아마도 그래서, 말 많은 쪽이 나라서, 그 말에서 도망가고 싶은 내 마음의 어느 구석이 나를 떠밀어 다른 기슭으로 보낸 걸 거다. 그 말이라는 거, 내가 했던 그 많은 말이라는 거……

시인이라는 삶이 시작된 건 아마도 말로 세계를 드러내고 싶은 욕망 때문이었겠지만, 인위적으로 그 삶을 목 졸리고 싶었던 이유는 아마도 말에 대한 애증 때문은 아니었는지. 독일은 우리말을 쓰는 나라가 아니고, 난 그게 참으로 마음에 들었다. 나는 입을 자동적으로 다물게 되는 것이다. 아마도 그 무렵 나에게는 말을 멈출 수가 없는, 혹은 이대로 가다가는 말에 갇혀버리고 말 것 같은 '말 공포' 같은 게 마음 깊숙한 어느 곳에 도사리고 있지는 않았는지. 말이 나를 부패시키고 말 것이라는 공포. 이런저런 이유로 근원을 알지 못하는 말을 해야만 하는 것은 나이들어가는 사람들이 겪어야 하는 거지만 그 시절 나는 그런 걸 잘 받아들일 수 없었다.

내가 밥벌이를 하던 곳은 방송국이었고 사람들이 하는 말을 쓰는 일이 내 업이었는데, 한동안 나는 매일매일 생방송으로 나가는 프로그램을 맡은 적이 있었다. 매일매일 원고를 쓰고 그 원고가 매일매일 전파를 타고 흐르는 것을 보면서, 내가 쓰는 말이, 그러니까 글이 아니고 말이 그렇게 흘러다니는 것을 보면서 그렇게 마음이 사나워지더구나. 어떻게 살아야만 그 근원을 스스로 알 수 있는 말을 할 수 있을까, 하는 거…… 상스러운 말, 그리고 그 말에 휘둘리는 삶.

이곳에서 내가 겪은 것은 혼자 있음, 가난함, 이런 것들이지만, 내가 하는 말에서 멀어지면서 얼마간 자유를 얻은 것은 사실이다. 먼 나라 언어를 배우고 아이처럼 서툰 말로 겨우 빵을 사고 뉴스나 책을 남의 언어로 남의 일처럼 읽는 동안 나는 많이 차가워지고 혹은 나에게 혹독해졌는데, 고향을 그리워하는 마음도 줄어들고 그곳에서 살아왔던 이야기들에서도 얼마간 놓여나게 되었는데……

그러나 봄이 오면 어김없이 강 냄새, 바다 냄새가 내 코를 스치고 지나간다. 봄이 오는 바다를 들여다보고 있으면 해초들이 말간 연둣빛으로 일렁이던 거하며 배 들어오는 항구에서 나던 썩은 생선과 산 생선이 어울리던 냄새, 봄이 오는 강가의 대나무숲하며 지천으로 흐드러지던 봄꽃하며, 그리고 진달래나 목련 그리고 어릿한 최루탄 냄새……

그 냄새 끝에 아무런 생각다운 생각을 못하고 기숙사 방안에서 감기라도 앓는 봄날이면, 말에서 놓여난 자유를 아직도 자유답게 누리지 못하고 다시 그 말의 굴레 안으로 들어가려는 나를 지켜보면서, 아직 나는 이곳에 더 머물러야 할 것 같다는 생각을 한다. 돌아가고 싶다는 생각이 많아지면 많아질수록 나는 고개를 흔든다. 말을 하는 근원을 나 스스로가 알 수 있는 말을 할 수 있는 날, 그리고 그 새로운 언어가 나를 이끌고 갈 수 있는 날, 나는 내 코끝으로 스치던 냄새들을 새로운 말로 적을 수 있으리라. 그때면, 나는 다시 돌아가는 비행기표를 끊을 수 있으리.

무소식

한동안 연락이 없다. 궁금하다. 도대체 그 사람은 무엇을 하고 있기에 연락이 없는 걸까. 한참을 참다가 드디어 전화를 해본다. 아무도 받지 않는다. 불안하다. 도대체 무슨 일이 일어난 건가. 왜 그 사람은 집에도 없고 연락도 하지 않는가. 다음날 다시 전화를 걸어본다. 아무도 받지 않는다. 더 불안해진다. 정말 그 사람에게 무슨 일이 일어난 건 아닐까…… 다음날 다시 한번 전화를 해본다. 역시 받지 않는다…… 드디어 포기한다. 무소식이 희소식이라고 언젠가는 무슨 연락이 있겠지…… 며칠 동안 그 생각에만 골몰하다가 드디어 그 생각도 잊어버린다. 바깥에 꽃이 환하고 풀냄새가 아득하고 바람도 청량한 김에 잊어버린다. 무슨 일이 있으면 연락을 하겠지……

팥죽 이별

벗과 함께 팥죽집에서 팥죽을 앞에 두고 이별을 한다. 팥죽은 달콤하고 팥죽 속에 든 찰떡은 쫄깃쫄깃하다. 한 숟갈 떠넘길 때마다 계피향이 환하다. 내일이면 이별이건만 벗과 나는 이별에 대한 이야기는 나누지 않는다. 우리가 그렇게 오랜 시간 동안 떨어져 있었던 것도, 앞으로 오랜 시간 동안 떨어져 있을 것도 잘 실감나지 않는다. 마치 조용히 소풍을 나온 것처럼 한적하다. 모든 나날들이 그러했으며 앞으로도 그러할 것이라는 생각, 더이상 허물도 없으며 허물이 있다 한들 서로에게 그렇게 한적할 것이라는 생각, 이만큼의 나날들을 같이했으니 저만큼의 나날도 같이할 거라는 생각. 팥죽을 끓이는 솥처럼 그렇게 끓기만 해서야 어디 쓰겠냐고……

유등놀이

내가 자란 곳 진주에서는 가을이면 예술제가 열린다. 도시 곳곳에서 수석이나 국화나 서예나 그림 전시회가 열리고 사생대회에 백일장에 가장행렬에, 도시는 분주하다. 남강변에는 장이 서고 그곳에 가면 아주 맛난 것도 먹을 수 있으며 소싸움이나 줄타기 같은 놀이도 구경할 수 있다. 그리고 진주 사람들은 등을 만들어 저녁이 찾아오면 강에다가 띄웠다. 아주 소박한 것부터 큰 연꽃 모양의 화려한 것까지, 등은 아주 다양했다. 등이 남강 위를 떠내려갈 때 진주 사람들은 강기슭에 서서 등을 바라본다. 강변 저 너머에는 대숲이 있고, 강 저 너머에는 바다가 있고, 등은 물을 따라 환하게 흘러갔다. 그 등들, 그 환한 등들은 다 어디로 갔을까? 감기에 걸려 혼자 누워 있는 저녁, 나는 흥얼흥얼 아주 나지막하게 노래를 부른다. 그 등들이 내 마음의 강 속에서 다시 환하게 모습을 드러내기 시작한다. 환하다. 감기 속에서도 환하다.

피냄새 나는 이름들

프랑스 북부, 노르망디 해변을 지나다보면 영어로 된 지명들이 눈에 띈다. 오마하 해변, 골든 해변 등등. 지명이 영어로 된 곳은 영락없이 이차 대전 말기에 연합군들이 그 유명한 노르망디 상륙 작전을 벌인 곳이다. 상륙 작전을 펼치기 직전, 보안 문제 때문에 연합군은 원래 지명을 영어로 바꾸어 불렀다고 한다. 그래서 독일군들은 연합군이 정확히 어디로 상륙할지 몰랐다고 했다. 설화 석고로 된 암석으로 이루어진 해변, 그 비탈진 해변으로 상륙하면서 연합군은 수천 명을 잃었다. 그 상륙 작전은 독일을 패전으로 이끈 결정적인 계기가 된다. 자국 언어라면 목숨을 걸고 야단을 부리는 프랑스인들이건만 영어로 된 지명을 전쟁 후에도 그대로 사용했다. 그곳들은 옛 이름을 잃어버렸다. 그리고 새 이름을 얻었는데, 그 이름들에는 피 냄새가 자욱하다. 그러나 독일군이 승리를 했더라면, 하

는 역사적인 가정 앞에서 이 피 냄새는 지워진다. 어쩔 것인
가, 모든 역사적인 장소에서는 피 냄새가 나는 이 일을.

살기 좋은 곳

이중원의 『택리지』에 나오는 살기 좋은 곳. 첫째는 풍수학적인 지리가 좋은 곳, 둘째는 생리가 좋은 곳, 셋째는 인심이 좋은 곳, 그리고 마지막으로는 산수가 좋은 곳. 이중원이 『택리지』에서 든 살기 좋은 곳에 대한 정의는 지금 읽어보아도 고개가 끄덕여진다. "어찌하여 지리를 논하는 것인가. 먼저 수구를 보고 다음은 들의 형세를 본다. 다음에는 산의 모양을 보고 다음에는 흙의 빛깔을, 다음은 조산수를 본다." 『택리지』의 복거총론에 나오는 「지리」 편의 서두는 이렇게 시작된다. 그의 추천에 의하면, "무릇 수구가 엉성하고 널따랗기만 한 곳에는 좋은 밭 만 이랑과 넓은 집 천 칸이 있다고 해도 다음 세대까지 내려가지 못하고 저절로 흩어진다. 그러므로 집터를 잡으려면 반드시 수구가 꼭 닫힌 듯하고, 그 안에 들이 펼쳐진 곳을 눈여겨보아서 구할 일이다"라고 했다. 그러나 날이 새면 또 한 빌딩이 서고 날이 지면 또 한 빌딩이 서는 시대에 살고 있는 우리는 이『택리지』의 추천을 앞에 두고 무슨 수를 쓸 수 있을 것인가. 몸 누일 한 칸의 방도 더러 구하기가 힘든데……

옛날이 가지 않는 이름

바깥에 비가 많이 오는 일요일 오후면 백석 선생의 시를 읽는다. 만 가지의 그리움으로 몸이 무거운 날이다.

옛날엔 통제사가 있었다는 낡은 항구의
처녀들에겐 옛날이 가지 않은 천희라는 이름이 많다

미역오리같이 말라서 굴껍지처럼 말없이 사랑하
다 죽는다는
이 천희의 하나를 어늬 오랜 객주집의 생선
가시가 있는 마루방에서 만났다
저문 유월의 바닷가에선 조개도 울 저녁 소라방
등이 불그레한 마당에 김냄새 나는 비가 나렸다

옛날이 가지 않는 이름, 천희. 백석 선생은 그 이름을 이렇게 잡아두었다. 미역오리같이 말라서 굴껍지처럼 말없이 사랑하다 죽는다는 옛날이 가지 않은 그 이름의 여자들, 천희. 그런 이를 만나는 날 김냄새 나는 비가 내린다면 오랜 항구 도시 통영은 옛날이 가지 않을 것 같다. 옛날이 가지 않는 날이 계속될 것 같다.

건조한 초원 지역의 목화밭

시리아 동북부 지방에 유프라테스강을 막아 수력 발전소가 서면서 거대한 인공 호수가 생겼다. 그 지방은 원래 뜨겁고 건조하며 나무와 풀이 귀한 곳이었는데, 인공 호수가 생기면서 물을 끌어 댈 수 있게 되자 사람들은 그곳에 목화를 심었다. 목화꽃이 피는 철에 우리는 그곳에서 발굴을 시작했다. 모기라고는 없는 곳이었는데 목화밭이 생기면서 모기가 들끓고, 건기인데도 공기는 습했다. 목화밭을 지나 발굴지로 가면서, 아이들이 목화밭 사이에 서서 발굴 차를 향해 손을 흔드는 것을 보았다. 가을이 되면 저 작은 손들이 목화솜을 딸 것이다. 아이들이 심한 노동을 하게 될 것은 불을 보듯 뻔하다. 목화꽃은 바람에 흔들리고 아이들의 손도 흔들린다.

독재자

연구소 옆에 화랑이 있는데, 그 앞을 지나다가 새로 전시된 그림을 보았다. 얼굴에 콧수염을 단 키 작은 남자 하나가 무릎을 꿇고 하늘을 향해 기도를 드리고 있는 모습이 그려져 있었다. 남자의 입에서는 이런 말이 나오고 있었다.

"신은 모든 사람을, 사람들이 저지른 모든 일을, 용서할 수 있을까?"

'용서'라는 말, 그렇게 함부로 쓰는 것은 아니지만, 만일 쓰는 것이 허락된다면, 아니, 그는 용서받을 수 없다……

어느 측량사의 여행 가방

공식적인 자리에서 술 마시는 것이 금지된 나라에 들어갈 때 술을 좋아하는 이들은 준비를 많이 해야 한다. 알코올 문화라면 유럽과 오리엔트는 천양지차인데, 술이 일상 음료인 유럽과는 달리 오리엔트에서는 공식적인 자리에서 술을 마시는 것을 금지한다. 그러나 술을 살 수 없는 것은 아니다. 다만 술을 파는 곳이 정해져 있으며 공식적인 자리에서 술을 마시는 것은 삼가는 것이 예의이다. 예의는 지키는 것이 좋다. 우리 발굴팀의 측량사는 그 사실을 잘 알고 있었기에 지침이 내려진 대로 예의 바르게 행동했다. 그러나 그의 여행 가방은 작은 비밀을 담고 있었으니, 그 비밀이란, 그의 애인이 웃고 있는 사진 한 장과 그의 어머니가 직접 만든 산딸기술이었다. 발굴일이 고된 나날, 잠자리에 들기 전, 숙소 자기 방에 앉아 그는 애인의 사진을 들여다보며 어머니가 직접 담근 산딸기술을 방

울방울 아끼면서 마셨다. 어느 누구도 그의 산딸기술을 빼앗아 마실 엄두가 나지 않는 모습이었다. 그는 그의 일생에 가장 중요한 두 여자와, 그 여자들만큼이나 중요한 무엇인가를 여행 가방 안에 넣어왔던 것이다. 남자들은 이럴 때 참 귀엽다.

전갈에게 물린 남자

이스마엘은 시리아의 작은 마을에서 태어나 초등학교만 겨우 다녔다. 이제 스물다섯이 된 이 청년의 업은 목화밭을 가꾸는 일이었다. 마을 근처에서 발굴이 시작된 십 년 전에 그는 벌이가 괜찮은 발굴장으로 일을 하러 나왔다. 당시 그의 나이는 열다섯이었다. 발굴 팀장은 그를 눈여겨보았다. 그는 영리하고 일을 빨리 배우고 또 선량하기가 그지없었다. 아이가 없었던 팀장은 그를 아들처럼 여기며 발굴 일이 없는 계절이면 돈을 대어 레바논에 있는 독일문화연구소로 보내어 그에게 독일어를 배우게 했고, 발굴 때면 발굴 기술을 가르쳤다. 십 년이 지난 뒤 그는 발굴 기술자가 되었다. 그는 누구보다도 땅 빛깔이 변하는 곳을 잘 알아차렸다.

발굴을 할 때 땅 빛깔의 변화를 관찰하는 것은 무엇보다도 중요한데, 빛깔이 변할 때마다 새로운 문화 지층이 나타나기 때문이다. 그는 또 조각조각 발견되는 건물의 담을 깨끗하게 청소해서 어느 담이 어느 담에 속하는지를 금방 알아내곤 했다. 나는 이스마엘과 한 계절을 같이 일했다. 그는 내 발굴 장소에서 내가 알아채지 못한 흙 빛깔과 담들을 잘 가려내었다. 휴식 시간이면 나는 그에게서 곧 결혼하게 될 그의 신부 이야기를 들었다. 누구보다도 부지런하고 잘 웃는 청년이었다. 그는 공부를 더 하고 싶은데 곧 결혼을 하게 되어서 그러지 못할 거라고 섭섭해했다. 어느 날 한창 발굴이 진행되고 있는데 그가 다급하게 나를 불렀다.

한창 새로 발굴되는 화덕에 열중하고 있던 나는 잠시 후에 보자고 했지만 그는 더욱 다급하게 나를 불러댔다. 나는 잠깐 성이 났다. 그러나 어쩌랴. 내가 그에게로 가자 그는 나를 데리고 발굴지를 지나 으슥한 언덕바지로 갔다. 그곳이라면 누구도 우리를 보지 못하고 찾지 못할 터였다. 아니, 이 사람이 뭘 하려는 걸까? 그 으슥한 언덕바지에서 그가 다짜고짜 바지를 내리는 것이 아닌가. 나는 질겁을 했다. 한술 더 떠서 그는 땀에 흠뻑 젖은 사타구니를 가리켰다.

"전갈이야. 전갈에게 물렸어. ……누구에게도 말하지 마. 사람들이 알면 일 안 하고 뛰어올 거야."

이런 미련퉁이 같으니라구! 목숨이 오가는데 그깟 발굴이 뭐가 중요하랴. 나는 소리를 쳐서 사람들을 불렀다.

결정적인 순간을 앞에 두고 도망치기

구두시험이 있는 날, 아침에 일어나 샤워를 하다가 그냥 도망가고 싶다는 생각을 한다. 그때면 페널티킥을 목전에 두고 도망가던, 페터 한트케 소설에 나오는 골키퍼가 생각난다. 그역시 그 결정적인 순간에 도망을 가고 싶어했고 도망을 갔다. 그러나 어디로 도망을 갈 것인가. 도망갈 곳이 있는가? 도망에서 돌아오면 그 결정적인 순간은 그대로 나를 기다리고 있는데……

동백꽃

동백꽃을 보면서 서해의 섬들을 떠올린다. 찬 겨울이 채 지나가기 전에 꽃은 붉게도 피었다. 섬 사이에서 떠도는 갯내음이 꽃 안으로 들어갔다가 꽃 안에서 쉰다. 날씨가 꽃 필 만큼 좋다가 갑자기 꽃 질 만큼 사나워질 때 동백은 꽃비를 나무 그늘 아래로 뿌린다. 동백은 지는 꽃이 아니다. 동백은 저를 제 그늘로 던지는 꽃이다. 마치 그 섬에서 늙어가던 당숙모처럼 그렇게 제 그늘로 저를 던지는 것이다.

공부할 만한 사람

어떤 선배를 보면 저 분이야말로 서양에서 공부를 할 만한 사람이라는 생각이 든다. 인내하는 저력이 있고, 지겨운 것을 무시할 만한 신경줄이 있고, 작은 것도 세심하게 가리고, 또 큰 것은 큰 것대로 잘 세우며, 한번 읽은 것도 스무 번 서른 번 다시 읽고, 거짓말 못하고, 뻐기지도 않고, 그리고 철저히, 철저히 자기중심적이고……

중세의 조건

함부르크 대학의 교수였던 미술학자 파노프스키는 나치가 나치의 이상대로 학생들을 가르칠 것을 강제하자 미국으로 이민을 했다. 그가 가진 유럽 중세에 대한 사색 하나.

"중세는 과거의 유산을 받아들이고 연구하거나 새로 계승하는 것이 아니라 계속 이어나간다. 중세는 고전 예술 작품들을 베끼거나, 아리스토텔레스나 오비드를 그들이 작업했던 동시대인처럼 그대로 사용한다. 고고학적이거나 문헌학적이거나 비판적인 관점, 다시 말하자면 역사적인 관점에서 재해석하려는 시도를 하지 않는다."

……그는 아마도 중세 시대 최고의 악습을 이어나가던 나치가 기승을 부리던 시절, 인간의 생물학적인 조건, 그러니까 인간의 힘으로 바꿀 수 없는 생물학적 조건에 모든 가치를 부여하는 어떤 비이성을 보지는 않았을까? 그건 중세의 조건이

지 현대의 조건은 아니었을 테니까. 하지만 어쩌면 지금도 우리는 중세에 살고 있는 건 아닐까? 가장 현대적이라는 세계의 수많은 도시 안에 섬처럼 떠도는 작은 민족 그룹들……

보기에 민망하다, 고 느끼는 나는?

서양의 고급 식당에 앉아서 소리를 내면서 수프를 들이켜는 고향 선배를 보며 민망하다고 느끼는 나는? 서양 백화점에서 물건값을 깎아주지 않는다고 소리소리 지르는 고향 선생님을 보며 민망하다고 느끼는 나는? 카메라를 든 스무 명 남짓의 동양인이 별로 유명하지도 않은 서양 교회를 보면서 탄성을 지르는 것을 보며 민망하다고 느끼는 나는? 서른 개도 넘는 선물용 쌍둥이표 과일칼을 프랑크푸르트 공항에서 사는 친척을 보며 민망하다고 느끼는 나는? 어떤 유명한 서양 소설에 나온다는 술 오백 밀리리터를 거금을 들여 사는 호사 취미를 가진 분들을 보며 민망하다고 느끼는 나는? 나는 무엇인가? 이 보잘 것없는 나는 무엇인가?

난쉐와
그 여신이 보호했던
많은 이를 위하여

○

고대 수메르 시대의 여신 중에 난쉐라는 여신이 있다. 그녀는 '압수'라는, 물로 이루어진 지하 세계의 신 엥키의 딸이었다. 수메르어로 씌어진 그녀의 이름자 안에는 물고기를 뜻하는 글자가 함께 들어 있었다. 그러니까 그녀는 물에서 나오는 양식이 중요하던 수메르인들에게는 농경신 이상으로 중요한 신이었다. 수메르인들이 강이나 바다에서 잡아 말린 물고기들은 시리아나 소아시아, 이란 등지로 멀리멀리 수출되기도 했다. 수메르인들은 그녀를 위해 많은 신전을 세웠다. 지금 이 지상에 더이상 존재하지 않는 그녀의 신전, 이 세상 그 누구도 더이상 섬기지 않는 난쉐라는 늙은 여신에게 이 글을 올린다.

1

할머니가 사시던 집을 팔고 우리들에게로 오셨다. 할머니는 우리집에서 일 년 정도 계시다가 어느 날 주무시듯 돌아가셨다.

2

할머니는 남해의 한 섬에서 태어나 뭍으로 시집오는 영광을 누렸다.

시집오기 전에 할머니는 매일매일 물질을 하러 다녔다. 그녀 또래의 동무들 모두가 그러하듯 그리고 그 어머니들이 그러하듯, 물에 들어가 일을 하는 것은 그녀가 아는 것의 전부였다. 물이 센 날에도 물이 차가운 날에도 물로 들어갔다. 계절마다 물속에서 자라는 것들이 다르고, 물속에서 자라는 맛난 것들은 그녀들의 가난한 가계를 얼마만큼 따숩게 해주었으므로 사내들이 바다에 배를 띄우는 동안 그녀들은 바닷속으로 직접 들어갔다. 물에 들어가기 전에 그녀는 언제나 바다를 향하여 숨을 한번 들이쉬고 뭍을 향하여 절을 올리곤 했다. 물에서 나와서는 뭍을 향하여 숨을 한번 크게 들이쉬고 바다를 향하여 절을 올렸다.

물에서 나오면 온 손과 발이 부풀어오르고 어깨는 지근거리고 가끔 두통이 밀려오고 욕지기 같은 것이 올라왔다. 가슴이 아프기도 했다. 물은 그녀의 일터였으므로, 모든 자연의 산업 재해자가 그러하듯 그녀는 그런 것들을 체념하듯 받아들였다. 몸은 쓰라고 자연이 우리에게 준 것. 마음은 그 몸을 담아두었다가 몸이 스러지면 본래의 그릇인 자연으로 돌아가는 것.

　시집오기 전에 그녀가 나의 중조모로부터 받은 것은 호박으로 만든 마고자 단추 하나가 고작이었다. 황금빛 호박을 그녀는 오래 들여다보았다. 나무 진이 물에 떨어져 수천 년, 그 안에 들어 있으면 이런 빛을 가진 호박이 된다고 했다. 그녀는 집을 떠나오기 전 마지막 물질을 나가는 날, 호박을 지니고 바닷속으로 들어갔다. 물속에서 그녀는 다시 호박을 들여다보았다. 왈칵 울음이 터질 것 같았다.

　그녀는 그녀만이 아는 바닷속 어느 자리에 호박을 묻어두었다.

3

　신랑은 포목 장수였던, 최씨 성을 가진 어진 총각이었다. 일찍 양친을 여읜 탓으로 특별하게 배운 것은 없었지만 성실하고 근면한 청년이었다. 가게를 싸전 옆에 두고 점심때면 새각시가 끓여주는 된장찌개를 먹으러 부리나케 집으로 오곤 했다. 처음에는 포목 가게 심부름을 하는 것으로 차츰 일을 배우고 익히다가 싸전 귀퉁이에 종지만큼 작은 터를 내어 가게랍시고 차렸는데 삼베 서너 폭과 무명 서너 짐에 바늘쌈지가 고작 물건이라고 가게 안에 들어앉아 있었다.

각시는 물질을 하러 다녔다. 물에서 나오는 그녀의 바구니에는 싱싱한 성게나 해삼, 멍게, 참조개, 돌홍합, 갯지렁이, 은조개, 털게 등등이 들어 있었다. 게으른 아귀가 들어 있기도 했는데, 아귀는 배앓이를 잘 하는 신랑을 위한 것이었다. 아귀의 배를 가르면 종종 아귀가 통째로 집어삼킨 물고기가 들어 있었는데, 각시는 아귀의 위액에 반쯤 삭혀진 물고기를 달인 물을 배앓이 약이라고 철석같이 믿었다.

신랑의 점심을 차리러 잠깐 집으로 들어가는 것 말고는 그녀는 하루종일 물에 살았다. 가끔 물질을 같이 하는 동무들과 해변에 불을 피워두고 젖은 몸을 말리면서 더러 더운 조갯국을 후루룩거리며 대소거리를 주고받으며 깔깔대는 것이 즐겁기도 했지만 그녀의 최고의 즐거움은 신랑과 마주앉아 보내는 저녁이었다.

세상에 아무리 무슨 나쁜 일이 일어난다고 하더라도 그런 저녁은 착하고 나지막했다.

4

싸전 귀퉁이에 종지만하게 벌였던 포목 가게가 종지에서 주발만하게 커지자 큰따님이 태어나고 또 따님이 태어나고 아드님이 태어났다. 각시에서 어머니가 된 할머니는 아이들을 해변으로 업고 나가서는 해변에 지들끼리 놀라고 두고 물질을 하러 들어갔다. 아이들은 물질을 하는 어머니가 바닷속에 있는 것만으로도 자신들을 다 지켜줄 것이라고 믿는 듯 해변을 돌아다니며 놀거나 물이 빠지고 난 뒤 모랫벌에서 피조개나 낙지를 잡아올리곤 했다.

새로 자그마한 집을 사고 집안에 돼지우리를 지어 검은 돼지를 두 마리 사다가 그 안에 넣어두었다. 마당에 채송화와 과꽃을 심고 봉숭아가 피는 날이면 아이들과 함께 백반을 넣어 찧은 봉숭아를 손톱에 붙였다. 아주 가끔씩 그녀는 쌀로만 지은 밥을 식구들 밥상에 올렸다. 애들 아버지의 포목 가게는 그런 대로 수지가 짭짤해서 드물지 않게 목돈을 벌여들이기도 했으므로 쌀로만 지은 밥을 한두 번 상에 올린다고 해서 그리 헤픈 것도 아니었다. 그런 시절에도 그녀는 물질을 하러 나갔다. 따님과 아드님도 언제나 함께였다.

5

세월이 지나 내가 태어나고 말을 알아들을 만한 나이가 되고 또 세월이 지나 할머니와 어머니가 나누는 말을 알아듣는 나이가 되었을 때, 할머니가 어머니에게 그때 일에 대해서 말하는 것을 들었다.

"그때, 그애가 바다에 가서 돌아오지 않았으면 말이다. 내가 시집오기 전에 묻어둔 호박 찾으러 갔다고 여기면서 살았으면 될 텐데 말이다."

그애란 외삼촌이었다. 외삼촌은 전쟁 때 옥에서 사형을 당했다. 그 옥바라지를 하던 이가 내 어머니였는데 따님 집에서 인생의 마지막 해를 보내시면서 그 일을 떠올린 모양이었다. 그때, 만일 삼촌이 태풍이 밀려오던 그 바다에서 놓친 고무신을 따라 물속으로 물속으로 들어갔을 때, 그때 그애의 어머니이던 할머니가 뒤따라가서 막 숨 놓으려고 하던 아드님을 건지지 않았다면……

그 둘 모두가 폭풍에 염소처럼 끌려들어갔다면 할머니와 어머니가 나누는 말을 내가 주워듣지 않아도 되었을 터이고, 지금 봄이 오고 있는 이방의 어느 도서관에 앉아 난쉐라는 여신을 찾아 꿈해몽을 염원하던 수메르 왕의 이야기를 읽을 때 갑자기 할머니를 떠올리지 않아도 되었을 터인데……

할머니는 아드님을 쫓아 물로 들어갔다고 한다. 눈이 흰 불을 쓴 것처럼 따가웠다고 한다. 아드님은 이미 물 안으로 들어가고 있었다. 할머니는 바람 속에서 물 안으로 들어갔다. 갑자기 물 안이 호박빛으로 환해지고 할머니는 허둥거리는 아드님의 다리를 보았다. 꽉 잡았다. 빛은 사라지고 할머니는 물 위로 떠올랐다. 아드님은 눈을 허옇게 뒤집고 실신한 채였다.

6

그렇게 건진 아드님이 옥에서 어느 날 비명횡사할 때 할머니는 물 안을 비추던 어떤 빛도 보지 못했다.

7

내 어머니를 통해서 전갈을 받았을 때, 할머니는 가만히 고개를 떨구고 아드님의 죽음을 받아들였다. 할머니는 지혜로운 사람이었다. 아드님을 위해 당신이 할 일은 이미 없다는 것을 단방에 알아차린 것이다. 다시 물속으로 들어가 그전에 보았던 빛을 볼 수는 없다는 것을 그녀는 안 것이다.

8

가끔 할머니가 물질을 하곤 하던 바닷가를 거닌 적이 있었다. 바닷가 저 멀리로는 화력 발전소의 굴뚝이 음험하게 솟아 있었다. 이제 그 누구도 그 바닷속으로 들어가 물질을 하지 않았다. 바닷속에서 자라던 맛난 것들은 사라지고 바다 안에는 시커먼 기름 알갱이들이 해초들 사이에서 끈적거렸다. 누군들, 삼십 년 뒤에 어떻게 될지 알겠는가, 혹은 안다고 한들 바꾸어놓을 도리가 있겠는가. 그 바닷속으로 사라진 사람이 어디 한둘이랴마는 할머니가 그때를 이야기할 때, 그 빛, 호박빛, 그 빛만이 오롯이 떠오를 뿐인데……

한 달 생활비

혼자 사는, 아직은 늙은 학생인 내가 독일에 살면서 한 달 동안 필요한 돈. 방값 삼백이십 마르크, 의료보험료 이백오십 마르크, 텔레비전 시청료 십 마르크, 학교 식당 한 달 점심값 이백 마르크, 식료품비 삼백 마르크. 학생인데 책도 사야 하지만…… 한 달 장학금 천이백 마르크로는 아무래도 책값이 빠지지 않는다. 그러나 이 나라 사람들은 도서관에다 책 사놓기를 좋아하는 사람들이라, 대학 도서관 도서 구입비가 한 달이면 만 마르크가 넘는다고 한다. 도서관 책이면 누구나 볼 수 있으니, 사실 내 책이나 다름없지 않은가. 다시 말하자면 도서관이 나를 대신해서 책을 사는 것이니…… 자, 한 달 생활비, 위에 열거한 모든 사항에 만 마르크가 넘는 돈을 플러스하자. 나는 부자다.

인간이 점치지 못하는 일

케냐의 어느 지역에 사자가 산양 새끼를 거두어 기르는 기이한 일이 발생했다. 그 암사자는 벌써 세번째의 산양 새끼를 거두어 기르고 있다. 첫째와 둘째를 다른 사자들이 잡아먹었지만 그 아픔에도 아랑곳하지 않고 암사자는 세번째 산양 새끼를 거두어 기른다. 더 기이한 일은, 그 산양에게는 아직 어미가 있어서 암사자가 사냥을 나가면 어미 산양이 새끼에게로 가서 젖을 먹인다고 한다. 어떤 서양 종교는 암사자가 산양 새끼와 함께 놀면 세계의 종말이 다가오는 표시라는 망언을 한다. 그러나 나에게는 암사자가 산양 새끼를 거두어들이는 이 장면이 아름답기만 하다. 무엇인가 자연계에 발생을 했다. 소위 만물의 영장이라는 인간이 감히 점치지 못하는 어떤 일이……

옛 동독 지방에서는
지금 무슨 일이 일어나고 있을까?

비어가는, 폐허가 다 된 아파트촌. 나이든 이들만이 마을을
서성이고 젊은이들을 찾아보기 힘든 곳. 남아 있는 젊은이들
은 머리칼을 자르고 군복 비슷한 옷을 입고 외국인은 나가라
고 소리소리 지르는 곳. 옛 공장들은 문을 닫고 새로운 공장은
들어설 엄두를 못 내는 곳. 도대체 통일이란 이 나라에서 무엇
인가. 옛 동독 지역이 이렇게 시들어가는데 통일이란 도대체
이 나라에게 무슨 얼굴을 들이밀고 있는가.

칠성사이다

소풍 갈 때 삶은 달걀과 늘 함께 있던 칠성사이다. 새콤달콤하던, 초록빛 병에 든 거품이 삶은 달걀을 그렇게 잘 소화시키던 그 칠성사이다. 맹물에다가 사카린이나 설탕을 넣고 탄산가스를 집어넣어 만들었던 그 음료수. 소풍 길을 환하게 밝히던 그 음료수. 그 음료수의 고향이 사과가 많이 나는 노르망디라는 것을 얼마 전에야 알았다. 그리고 그 음료수가 원래 발효된 사과주스로 만든 것이라는 것도 얼마 전에야 알았다. 노르망디가 고향인 친구 하나가 고향에서 가져온 사이다 한 병. 발효된 사과 향기가 가득하던 사이다. 아마도 그 음료수가 미국을 통하여, 혹은 일본을 통하여 우리에게로 오면서 맹물에 사카린을 타고 탄산을 집어넣은 음료수로 둔갑한 것이리라. 사과와는 전혀 관계가 없던 내 어린 날 소풍 길의 사이다. 지구는 넓고 둥글다. 그래서 어쩔 건데?

물고기떡

어머니의 고향 바닷가 마을에는 일본이 우리나라를 점령하고 있는 동안 그 마을로 들어온 일본인 부부가 있었다. 그들은 빨리 우리말을 배운데다 인심도 후하고 선량해서 한 십 년쯤 그 마을에서 살면서 마을의 다른 사람들과 다름없는 사람들이 되었다. 그들의 생계는 오뎅을 만드는 것. 그러나 그들은 오뎅을 오뎅이라 부르지 않고 고기떡이라고 불렀다. 잘게 다진 생선을 둥글게 뭉쳐서 김에 쪄내거나 기름에 튀겨내던 그 음식을 마을 사람들이 고기떡이라고 불렀기에 그들도 덩달아 그렇게 부른 것이다. 고기떡은 그들이 어시장에서 조심스럽게 사온 싱싱한 생선살로만 만들어졌고, 싱싱한 생선이 들어오지 않는 날이면 그들은 가게 문을 닫았다. 태어나자마자 아비 어미를 잃은 마을 꼬마 하나를 입양하면서 그들 부부는 마을 사람들과 하나도 구별되지 않았다. 일본군이 쫓기는 와중

에 우리나라에 있던 다른 일본인들이 해코지를 당하는 중에
도 마을 사람들은 그들에게 그 불똥이 튈세라 밤낮없이 그들
의 집 앞을 지켰다. 맛난 물고기떡을 빚는 그 집을.

환한 멸치볶음

초등학교를 졸업하고 난 뒤로는 단 한 번도, 먼발치에서조
차 만나지 못한 사람. 이름마저 까마득히 잊어버린 그 사람.
언제나 교실 뒤 구석에 앉아, 누구의 눈에도 띄지 않았던 그저
그렇던 사람. 그 사람을 여기 독일에 와서 꿈에서 만난다. 꿈
에서 그 사람이 아이일 적 그대로 나타나 나에게 가방을 하나
준다. 가방 안에는 멸치볶음과 계란부침이 든 도시락이 들어
있다. 그 사람이 나에게 말한다. "점심시간인데 왜 밥을 안 먹
니?" 나는 놀라서 잠에서 깨어난다. 눈물을 흘렸는지 베개가
흥건하다. 헤어져서 얼굴을 보지 않은 지 삼십 년이 다 되어가
는데 왜 그 사람은 지금도 내 점심밥을 챙기는가. 잠에서 깨어
나 냉장고 쪽으로 간다. 냉장고 문을 연다. 냉장고 안에 든 먹
다 남은 멸치볶음. 서울에 다녀온 분이 가져다준 것. 냉장고
불을 받아 그 멸치볶음이 환하다.

112

한국 식품점

내가 사는 곳에는 우리나라 식품을 파는 가게가 하나 있다. 나는 자주 그 집에 들러 라면이나 고추장이나 더러는 통조림 깻잎이나 김 같은 것들을 샀다. 가끔 새우깡을 사먹으며 집으로 돌아오는 길에 콧노래를 흥얼거리기도 했다. 그 집의 아주머니는 아주 다정하고 키가 작은 분이다. 가끔 들러 조금씩 뭔가를 사는 나에게 가끔 말도 거셨다. 어느 날은 목소리가 왜 그렇게 가라앉았느냐고 걱정을 하시더니 가게 안에 있는 작은 방으로 데리고 들어가 쌍화차를 한잔 끓여주신다. 꼭 집에 온 것같이 푸근한 마음이 들어 염치 불고하고 나는 그곳에 오래 앉아 쌍화차를 아주 조금씩 아껴서 마셨다. 착한 사람이 있는 곳은 푸근하다.

개를 데리고 다니는 사람

잡초를 뽑느라고 집 마당에 쪼그리고 앉아 있는데 지나가던 사람이 말을 건다. "안녕하십니까? 날 좋은데 일만 하지 말고 노세요." 개와 함께 산책을 나온 정년퇴직자이다. 그이는 건넛집에 혼자 산다. 결혼한 적이 없으므로 아내도 없고 아이도 없다. 키우는 개가 식구의 전부이다. 아침에 일어나 밥을 먹고 산책을 하러 나온다. 점심을 먹고 산책을 하러 나온다. 저녁을 먹고 또 산책을 하러 나온다. 나는 그이를 향해 인사를 하고 다시 잡초로 눈을 돌린다. 마치 너무나 너무나 바쁜 일이 있다는 듯이. 내가 한마디라도 더 건네면 그이는 멈추어 서서 한 시간이고 두 시간이고 말을 시키기 일쑤다. 그이는 일이 분쯤 서 있다가 지나간다. 그이가 길모퉁이를 돌 때까지 기다렸다가 나는 몸을 일으킨다. 개가 나를 보고 반갑게 꼬리를 흔들며 짖는다. 다시 그이가 몸을 돌린다. 환하게 웃으며, "오늘은 나

랑 말을 나눌 시간이 있군요" 한다. 그러곤 냉큼 내 쪽으로 온
다. 아차, 싶지만 하는 수 없다. 오늘은 꼼짝없이 그이랑 한두
시간쯤 쓸데없는 이야기를 나누어야 하나보다. 그이가 데리
고 다니는 개의 역할도 이쯤이면 설명이 된 듯싶다.

114

도라지꽃

그곳에는 눈을 돌리는 곳마다 도라지밭이 있는데, 마침 때라서 도라지꽃이 지천이었다. 한 주일 후면 다시 독일로 돌아와야 했다. 나는 망망하게 펼쳐진 도라지꽃 바다를 한없이 바라보았다. 눈에 다 넣고 갔으면 했다. 눈에 다 넣고 다 넣어 내 눈이 저 도라지꽃 바다가 되었으면 했다.

동생

하나밖에 없는 동생. 그 아이는 혼자 아버지 임종을 보았다. 언니와 내가 서울에서 끙끙거리고 있는 동안, 어머니가 잠깐 장을 보러 가느라 집을 비운 동안, 혼자서 아버지의 임종을 보았다. 그후로 그 아이가 나에게 누나, 하고 말을 건네면 그 동생이 안쓰러워 내 마음은 한없이 쓰라리다. 아버지도 그때 그렇게 마음이 쓰라렸으리.

크리스마스 저녁

크리스마스라 독일 학생들이 다 집으로 가고 없는 기숙사에서 외국인인 우리끼리 예수님이 태어난 것을 축하하는 조촐한 저녁상을 차린다. 기숙사에 남아 있는 우리는 다 예수님하고는 아무 상관도 없는 사람들이지만, 언제나 가난한 사람의 편이었던 그분의 삶에 우리는 경의를 표하므로 축하할 자격은 충분한 셈이었다. 기독교인들은 이날이면 칠면조를 먹는다지만 우리들은 제각기 우리들이 고향에서 먹던 음식을 만들어서 둘러앉았다. 아마도 이 저녁상을 예수님은 받고 싶었으리. 적어도 2000년 남짓 언제나 먹어온 지겨운 칠면조 구이가 아니라, 이렇게 다양한 세계의 음식이 모여 있는 진수성찬의 상이니…… 그리고 우리 모두, 예수님을 사랑하니……

거울을 바라보기

실은 나도 할말이 많다. '이렇게가 아니라 저렇게 살고 싶었다'라든지, '그때 내 잘못이 아니라 네 잘못이었다'라든지 하는 것들. 내가 내 얼굴을 사납게 노려본다. 그래, 좀더 잘하고 살 수도 있었겠지. 그런데, 꼭 그렇게 잘살아야 되겠니? 내가 나에게 말을 건다. 무엇 때문에 사납게 주름 잡힌 상판을 들고 그렇게 잘살아야 하겠니? 이치를 따져가며, 잘잘못을 물어가며……

118

미라

　박물관에서 실습을 할 때 나는 미라를 모아놓은 방을 구경한 적이 있었다. 그곳에 모여 있는 미라는 전시를 할 만큼 화려한 이름을 가진 미라가 아니었기에 박물관 지하방에 모여 있었다. 전문가가 그 방의 미라들을 관리하고 있었다. 미라들은 커다란 서랍 속에 차곡차곡 담겨 있었다. 서랍 하나를 열면 그 안에 미라 하나, 하는 식이었다. 어린아이의 미라, 장년 남자의 미라, 여자의 미라도 있었고, 고양이나 새의 미라도 있었다. 고양이나 새는 신을 따라다니는 성물이기에 미라로 만든다는 전문가의 친절한 안내도 들었다. 보관 상태가 나쁜 미라는 손이 달아나고 없거나 발이 없었다. 그리고 어떤 미라 하나. 목을 매다는 형을 받은 어느 사형수의 미라가 있었는데, 그 미라는 혀를 쑥 앞으로 내민 채 서랍 안에 들어 있었다. 세월이 천년 넘게 지났건만 누가 보아도 그가 사형을 당했다는 것을 알 수 있었다. 이를테면 그 사람 자체를 미라로 만들어놓은 것이 아니라 형벌당한 상태를 미라해놓은 것이다.

아들과 아버지

수메르어로 씌어진 글 가운데 하나. 이름하여 '아버지와 그의 행실이 나쁜 아들'. 아들이 학교 수업을 빼먹고 길거리에서 시간을 헛되게 보내는 것을 한탄하는 아버지를 그린 글. 교실에 앉아 있어도, 읽지도 쓰지도 덧셈도 뺄셈도 못하는 아들, 측량 기술을 익히기는커녕 측량대를 어떻게 잡는지도 모르는 아들, 그 아들을 꾸짖는 아버지의 글. 이 세상의 모든 아버지여, 고대나 지금이나 아들들은 달라진 것이 하나도 없습니다. 마치 당신들이 누군가의 아들이었을 때처럼요.

독일에서 이태리를 지나 그리스를 지날 때까지 누구도 우리에게 여권을 보자고 하지 않는다. EU에 속해 있는 나라이기 때문이다. 그러나 그리스에서 터키로 들어갈 때는 조금은 까다로운 입국 절차를 받을 수밖에 없다. 터키는 EU에 속해 있는 나라가 아니기 때문이다. 그리스의 국경을 지나 터키령으로 들어가서 입국 수속을 마치고 다시 차를 타고 달리면 제일 먼저 여행객을 맞이하는 작은 도시 압살라. 국경 도시라는 것 말고는 별다른 특징이 없는 곳이지만 유럽에서 터키까지 여행하는 사람들에게 그 도시는 각별한 의미를 가진다. 몇 나라를 지나치면서도 받지 않았던 입국 수속을 밟아야만 지나갈 수 있는 도시이기 때문이다. 갑자기 국경이라는 것이 실감나고, 마치 다른 제국으로 들어온 느낌. 압살라로 가는 길에서 국경이라는 것을 생각한다. 누가 그 국경을 만들었는가.

잊음을 위한
권유

○

　어느 사회든, 어느 사회에서 사는 사람이든 자신의 정체성에 대하여 명쾌한 대답을 가지기는 어렵다. 우리 역시 우리의 정체성 문제를 고민해왔고 지금도 고민하고 있기에 다른 사회가 정체성 문제에 시달리고 있는 것을 보면 남의 일처럼 여겨지지 않는다. 독일 역시 바로 이 정체성 문제를 놓고 심한 열병을 앓고 있다. 기독민주당의 국회 당수인 메르츠가 독일인들은 '독일을 이끄는 문화'의 깃발 아래 서야 한다는 요지의 발언을 하면서 독일 정계와 문화계와 언론계가 물 끓듯 시끄럽다. 그의 발언은 언뜻 보면 너무나 당연한 말 같지만 그 배경에는 복잡한 외국인 노동자 문제, 그리고 독일 안에 함께 있는 다국적 문화에 대한 우려가 깔려 있고, 악용될 경우엔 극우주의자들을 돕는, 외국인들을 조직적으로 박해하는 동아줄로 작용할 수도 있어 문제가 더 복잡해졌다. 그리고 아직 독일인들의 내면 깊숙이 깔려 있는 이차 대전 시절의 처참한 역사에 대한 상처…… 독일을 이끄는 문화란 무엇인가, 독일인이란 무엇인가. 당연히도 이 고민의 중심에는 독일 주변 제3제국의 문제가 놓여 있다.

삼십대 후반이라서 상대적으로 이차 대전이 저지른 상처가 덜한 세대인 독일 자유주의 정당의 당수 베스트벨레는 "왜 우리가 자부심을 가지는 것이 죄악인가"라고 물었다. 이어 그는 독일인의 자부심이라는 개념은 역사적으로 오염된 정의라는 것을 인정했다. 한 베트남인이 베트남이라는 자신의 조국에 자부심을 갖는 일과 독일인이 자신의 조국에 자부심을 가지는 것이 다르다는, 역사적인 상처에 근거한 이 인식은 참으로 쓰다.

멍청하지 말라

바람이 말한다

세계는 계속 돈다

모든 것은 변한다

있었던 것, 잊어야만 한다

네가 너의 들판을 잊어버릴 수는 있다 해도

빈약한 수확량이 말한다

네가 네 하얀 집을 잊어버릴 수는 있다 해도

부서진 기와와 허섭스레기가 말한다

네가 기름나무를 잊어버릴 수는 있다 해도

나무둥치가 말한다

오렌지 나무가 말한다,

그리고 타버린 숲이 말한다

네가 너의 두 자매를 잊어버릴 수는 있다 해도

무덤으로 가는 길이 말한다

......

　독일 시인 에리히 프롬은 「잊음을 위한 권유」라는 시에서 이
렇게 노래했다. '있었던 것' '일어났던 것'을 없던 것인 양 지
울 수 없음을 그는 망명지 영국에서 이렇게 썼던 것이다. 4월
20일은 히틀러의 생일날. 그날에 맞추어 네오 나치들은 독일
곳곳에서 히틀러를 기념하는 기념식을 올리고 시가행진을 벌
인다. 잊음을 위하여 보냈던 세월 위에 새로운 상처가 생기는
순간이다. 많은 독일인이 네오 나치의 행진을 지켜보면서 과거
를 돌이켜본다. 아직 과거는 완전히 물러가지 않았던 것이다.

독일인들이 제 손으로 직접 히틀러를 뽑은 것은 1933년. 히틀러가 자살을 한 것은 1945년. 십이 년 동안 지속된 히틀러의 정치와 전쟁은(우리가 기억해야 하는 것은 히틀러 혼자서 그 정치와 전쟁을 치르지 않았다는 것. 그의 뒤에는 수많은 독일인이 있었다는 것. 그들은 자발적으로 그리고 자신의 확신에 따라 히틀러를 밀어올렸다) 그후 오십 년이 지난 지금까지 독일인의 집단의식 속에 무시무시한 상처를 남겨놓았다. 오십 년 동안 그들은 타의에 의해서든 자의에 의해서든 히틀러 시대의 그늘에서 벗어나기 위해 애써야 했다. 그러나 이제쯤이면, 이만큼이면, 그 그늘에서 벗어나지 않았을까, 하는 사이, 히틀러의 시대는 독일인들의 목덜미를 다시 거머쥔다.

통일이라는 거대한 정치 과업을 끝내고 난 뒤 많은 이가 예상했듯 독일은 '통일 후'라는 심각한 병을 지금도 앓고 있다. 서독과 동독의 빈부 격차는 옛 동독 지역의 젊은이들을 외국인들에게 무참한 테러를 가하는 극우 집단으로 만드는 요인 중의 하나이다. 아직도 히틀러를 그리워하는 세력은 이 젊은이들을 자신의 조직으로 끌어들인다. 너희들이 가난한 이유는 외국인들과 일자리를 나누기 때문이다, 외국인들이 이 나라에서 돈을 벌어들이는 이상 너희들이 설 자리는 없다……
대낮에 알제리에서 온 흑인은 극우 테러리스트에게 쫓기다가
계단에서 굴러떨어져 죽음을 당한다. 뒤셀도르프 어느 지하
철 역 근처에서는 폭탄이 터진다. 폭탄은 역 근처에 자리잡은
유대교 성전을 향한 것.

얼마 전 베를린에서는 극우 세력을 경계하는 시민들의 대규
모 집단 시위가 있었다. 많은 선량한 독일인이 친구들과 함께
가족과 함께 브란덴부르크 문으로 행진했다. 또 얼마 전 라이
프치히에서는 나치를 반대하는 시민들의 시가행진이 있었다.

『디 벨트』를 이끌었던 세바스티안 하프너는 올곧은 저널리
스트였다. 1980년대 『슈테른』에 연재된 그의 칼럼은 칼칼하
고도 세사를 정확하게 진단하는 글로 사랑을 받았다. 그는
1999년에 구십일 세의 나이로 세상을 떠났다. 그의 유고가 책
으로 엮여 세상에 나왔다. 『어느 독일인의 이야기, 회상 1914~
1933』, 이 책의 제목이다. 그의 글은 섬세하면서도 지적이고,
세상을 진단하는 글이면서도 시적인 문장으로 명성이 높았
다. 책은 비평가들로부터 "올해에 나온 가장 의미 있는 책" "나

치 시절의 근원을 탐구하는 열쇠"라는 극찬을 받았고 독자들
은 다투어 그 책을 샀다.

그동안 나치 시절을 회고하는 수많은 회상록들이 있었고 제
각기 체험의 간절함을 실어 그 시절을 다시 돌아보게 해주었
다. 이미 고전이 된 유대인 소녀 안네의 일기에서부터 최근 유
대인 대학교수였던 빅토르 클렘퍼러의 『일기, 1933~1945』, 독
일 문단의 중요한 문학평론가이며 역시 유대인인 마르셀 라
이히 라니츠키의 『나의 인생』 등등 헤아릴 수 없이 수많은 회
고록, 증언록, 기록 영화 들……

나치 시절의 피해자들이 쓴 글도 그렇지만 우리가 감명 깊
게 기억하는 것은 1999년에 뒤늦은 노벨문학상을 받은 귄터
그라스의 『양철북』 같은, 독일인이 자신의 과거를 직접 진단
하는 글이다. 세바스티안 하프너는 유대인이 아니다. 그의 집
안은 대대로 프로이센의 관리였다. 1938년 히틀러가 기승을
떨던 시절 그의 집안은 영국으로 망명을 떠났다가 1954년 다
시 독일로 돌아왔다. 유대인 유명 인사가 쓴 나치 시절의 회고
록이 아닌, 한 독일인이 독일 역사의 가장 참혹한 시절의 시작

을 바라본 그 책 속에는 조용한 관찰자의 불편한 역사 바라보기의 내면이 펼쳐진다.

막 나치가 일어나던 시절. 히스테리에 가까운 고함과 슬로건, 유니폼과 폭력의 시절, 그 당시 베를린 중심지에서 살던 삼십대의 젊은 하프너는 아주 침착하고 고요한 톤으로 독일인들에게 그 시절 이야기를 들려준다. 우리들은 어떻게 변해가기 시작했던가.

한 세대 전체가 자신 앞에 주어진 자유 시간을 도무지 어떻게 보내야 할지 모르는 것처럼 보였다. 그 시절 젊은 독일인들은 그들의 삶의 내용 전부를, 가슴 깊이 숨겨진 감정, 사랑과 미움, 환희와 슬픔을 공적인 회로를 통해서만 토해낼 줄 아는 것 같았다. 공적인 생활이 끝나고 집으로 돌아와서 개인 생활을 갖는 것을 그들은 휴식으로 여기지 않았다. 그것은 공적인 삶이라는 모험에서 자신을 격리시키는 일이었다. 그들은 언제든지 개인 생활이 방해받기만을 기다렸다, 새로운 집단적인 모험으로 뛰어들기 위하여⋯⋯

그 배경에는 일차 세계대전으로 알거지가 된 독일 경제, 전망 없는 미래, 무너진 재정, 그 위에 수많은 사람이 죽어가면서 들어선 허약하고도 비전 없는 공화국, 국제적으로 추락한 국가 위신, 고립된 정치, 전쟁의 패배, 잃어버린 식민지라는 요인이 있었다.

독일인들 내면에 각인된 열등감을 보상받기라도 하듯 너도나도 공적인 생활(한 정치 정당 아래 하나가 되어 모여드는 것)이 가져다준 활력에 몸을 던졌다. 그 시절, 더욱 강력한 세력으로 부각한 나치 이데올로기의 비호를 받으며 각광받기 시작한 스포츠 열풍, 기록 깨기 열풍(인종 우월을 증명하는 데 그 시절 달리기, 자전거 경주 기록보다 더 선명한 기록이 있었던가. 건강하고도 강인한 몸을 가진 미래의 나치 이데올로기 전사들). 한 자연인, 한 개인으로서의 정체성을 집어던지고 공공의 정체성에 자신을 기대버린 세대. 공공의 노예가 된 한 세대가 일으킨 전쟁, 학살……

설 자리를 잃어버린 지식층이 무기력하게 한쪽으로만 치달아가는 사람들을 허탈하게 바라보고 있던 시절. 그들의 웅변에 누구도 귀기울이지 않은 시절. 가난하고 소외된 사람들이 자신들을 위로해주고 사회의 중요한 일원으로 끌어올려주는 나치의 편에 선 시절. 하나의 국가 시스템이 사람들의 감정을 건드리고 파고들어가 그 감정을 조직하고 조작하던 시절. 국가 시스템을 이끄는 사람들의 머릿속에서 서서히 타인과 나를 구별하는 공격적인 이데올로기가 일어나던 시절.

하프너는 그 시절의 자신을 담담히 들여다본다. 담담히 들여다보는 것만이 그 비이성의 시대를 탈출하는 열쇠인 것이다. 그 시절은 지나갔지만 상처는 남고, 일그러진 시대는 아직도 독일인들을 그 현장으로 불러내고 있으므로. 우리는 우리를 어떻게 들여다보고 있는가. 우리는 우리를 들여다보는 일에 게으르지는 않은가.

그리던 시절

나의 친한 벗 가운데 하나는 목욕탕집 아들. 그 벗은 가끔 우리에게 목욕탕집 아들로서 겪었던 과거사를 들려주곤 했으니, 그 가운데 하나. "밤늦게 목욕하러 오는 사람이 있어요. 꼭 문 닫을 즈음 해서 목욕하러 오는 거야. 이불을 잔뜩 짊어지고." "아니, 목욕탕에 이불은 왜?" "글쎄 그러니까, 목욕물 빼기 전에 그 물에다 이불 빨러 오는 거지. 그 시절 더운물이 어디 흔했니?" 그 시절, 그러니까 목욕물에 이불을 빨고 자기도 목욕하고 그러던 시절. "잠자러 가고 싶은데 이불을 빨고 있으니 목욕물을 뺄 수가 있어야 말이지. 그 좀 빨리 하쇼! 하고 내가 잔소리를 할라치면, 아저씨, 이불 빨랜데 좀 기다리쇼! 그런다 니까. 아니 나, 그때 고등학생인데 아저씨라니, 어찌나 분하던 지."

어머니의 보통학교 동창회

어머니가 봄날 보통학교 동창회를 다녀왔다. 육십 년 만에 만났다고 했던가. 인생을 겪고도 또 겪어 할머니가 다 되어, 이제 파뿌리가 된 작은 소녀들은 바닷가에 배를 띄워놓고 소주도 조금 마시고 맥주도 조금 마시고 옛이야기 사이사이에 깔깔거렸다고 했다. 선생님 부부도 참석하셨는데 그분들은 비행기를 타고 왔다고 했다. 일본인이기 때문이었다. 학생들이 다 할머니이니 선생님 부부는 그들보다 더 나이가 들었건만 제자들이 주는 대로 맥주도 잘 마셨다고 했다. 그리고 헤어질 때 서로 서로 손목을 잡고 울었다고 했다. 아마도 이 지상에서의 마지막 만남일 것이기 때문이리라. 자신의 삶에 대한 설움과 연민에 겹쳐 서로를 부여안고 우는, 한 세대가 사그라지는 순간을 어머니는 보고 왔건만 명랑하게 하시는 말씀, "선생님이 숙사에서 낮잠 잘 때 숙사 문을 바깥에서 잠가버렸단다. 점심시간이 끝나고도 선생님은 숙사에서 나오지 못하고, 우린 학교 땡땡이 치고 조개 주우러 갔단다. 아이구 말도 마라, 그 봄볕이 얼마나 살갑던지……"

교양 부족

서울에 들렀을 때, 이름만 들어봤을 뿐 단 한 번도 제대로 읽어보지 않은 어느 프랑스 사회철학자에 대한 이야기를 사람들이 나누는 것을 물끄러미 바라본다. 어떤 대학 근처에 있는 카페 안이다. 다들 맥주를 조금 마셨기에 그 철학자에 대한 토론은 안개 속을 헤매는 듯하다. 잘 모르는 이야기를 사람들이 나누는 통에 나는 말을 잃고 가만히 듣기만 한다. 아무리 들어도 잘 모르는 이야기이다. 교양 부족이라고 나를 탓한다. 다들 저렇게 잘 아는 사람인데 아직 나는 읽어보지도 않았던 것이다. 갑자기 소외된 듯한 느낌이다. 다른 사람들이 내 교양 부족을 눈치챌까봐 소리를 죽이고 있다. 그 유명한 이도 모르는 내가 글을 쓰는 사람이라니. 다시 나를 책한다. 다음날 서점에 가서 그 사람이 쓴 책을 본다. 읽어도 잘 모른다. 아니 남의 글을 해독조차 못하다니, 이건 교양 부족 정도가 아니라 완전히 찐빵이다. 이 교양 부족을 어떻게 타개할 것인가. 아니 그런데 그들은 그렇게도 사무치게 그 철학자를 이해할 수 있다니!

호적 등본

여권을 새로 만들려고 하니 호적 등본이 필요했다. 동생이 급하게 고향에서 호적 등본을 부쳐주었다. 호적 등본을 보니 이 지상에 더이상 없는 할머니도 나오고 할아버지도 나온다. 지금은 잘 생각도 안 나는 내가 태어난 집의 주소도 들어 있고 태어난 지 며칠 만에 아버지가 내 출생 신고를 했는지도 나온다. 내가 태어난 지 얼마 되지 않아 이사를 했는지, 내가 태어난 집을 나는 기억을 할 수가 없다. 도대체 그곳은 어디였을까, 내가 태어나서 처음으로 천장을 올려다보던 그곳.

나를 위해서만 사는 삶

그러니까, 나는 타인을 위하여 무엇을 했던가. 일요일, 연구소에 나가서 공부랍시고 자료를 조금 들여다보고 집으로 오는 버스 안에서 한인 교회 목사님을 우연히 만난다. 목사님은 반갑게 인사를 하시며 "공부하시느라 힘드시지요?" 하신다. 목사님 역시 대학에서 공부하는 신학생이다. 식구들과 함께 독일로 유학을 오신 것이다. 아이가 둘이다. 목사님은 아이들과 함께 오전에 예배를 드리고 오후에는 딸기밭으로 소풍을 갔다 왔다고 하신다. 그리고 아픈 분이 있어서 병문안을 가는 길이라고 하신다. 가끔 만나는 나를 한국인이라는 이유만으로 그렇게 살갑게 대해주시는 목사님께 은근히 믿음이 갔던지 나는 다짜고짜 이런 말을 한다, "잘 모르겠어요. 저는 저를 위해서만 사니까…… 불안해요, 이렇게 살아도 되는지……" 목사님은 못 들은 척 창밖을 내다보신다.

그 사랑 노래

그 친구는 가끔 나에게 전화를 해서 오랫동안 이야기를 나누어주었다. 그렇다. 나와 이야기를 나누어주었다. 멀리 있는 내가 외로움을 덜 타도록 하고 싶은 거다. 그 속 깊은 친구는 이런저런 이야기를 하면서 내가 깔깔거리고 신세타령하고, 구시렁거리는 것을 그냥 들어주었다. 나라고 모르겠는가. 내가 하는 하나 마나 한 이야기를 듣기 위해서 그 친구가 나에게 전화를 할 리 없지 않은가. 그리고 그렇게 길게, 오래, 비싼 국제 전화 요금에도 아랑곳없이. 알면서도 몰염치하게, 친구는 우리나라에 사니까 어디서 그 비싼 국제 통화 요금은 벌겠지, 모른 척하며 그렇게 길게 통화를 하고 나면 그리움도 좀 가시고 된장국이 먹고 싶은 마음도 좀 가라앉곤 했다. 한번은 친구가 들어보라고 어떤 사랑 노래를 전화기 너머로 들려주었다. 저편 전화선을 타고 유라시아 대륙을 넘어 들려오던 사랑 노래,

간절하게 어떤 여성이 더이상 사랑하지 않으리라고 노래하던

그 사랑 노래…… 하늘에 그날도 별은 저렇게 간절했던가.

길모퉁이의 중국 식당

몸이 아픈 날이면 좀 호사를 하자 싶다. 그런 날이면 있는 돈을 다 털어 길모퉁이에 있는 그 중국집에 가 앉는다. 재스민차를 시키고 음식도 한 가지 주문한다. 자장면이나 울면 같은 것을 주문하고 싶은데 독일인 입맛에 맞춘 중국집엔 그런 음식이 없다. 나는 마늘이 많이 들어간 음식을 하나 주문한다. 더운밥이 나오고 음식이 나오고 젓가락이 나오는, 독일 어느 작은 도시 길모퉁이에 있는 중국 식당에서 밥을 먹는다. 물만두도 없고 우동도 없건만 갑자기 문지 김병익 선생님과 경숙이와 함께 홍대 근처 중국집에 앉은 것처럼 편안하다. 선생님은 우리가 그곳에 들르면 없는 시간을 내주시곤 했다. 선생님을 모시고 중국집에서 밥을 먹었던 기억이 떠오르면 내가 앉아 있는 길모퉁이 중국 식당은 대륙을 넘어서 그곳, 친근한 벗들이 있는 그곳으로 나를 데리고 간다.

생선

어두육미라는 말이 있지만 이곳 사람들은 그 맛있다는 생선 머리를 먹지 않는다. 보기에 징그럽다는 건데 사람들의 머릿속이란 참 묘하다. 생선에 붙어 있는 거면 생선 머리든 몸통이든 마찬가지인데, 생선 몸통을 먹는 건 괜찮고 생선 머리를 먹는 것은 징그럽다는 것은 어째 좀 어불성설이다 싶다. 이 나라 생선 코너에 가면 온전한 생선의 모습은 구경하기 힘들다. 생선포만 구경할 수 있다. 머리와 내장과 껍질을 다 제거하고 몸통 살로만 된 생선은 생선 같지 않고 무슨 공업 제품 같다. 먹거리에 든 야성을 다 발겨내고 그 이성만 나와 있는 것 같다.

정선 아리랑

　라디오를 틀어놓고 부엌에서 배추를 씻고 있는데 라디오에서 한국어 억양이 섞인 독일어가 들린다. 얼른 물을 잠그고 라디오 앞으로 간다. 아닌 게 아니라 한 한국분이 라디오에 출연했다. 간호사로 독일에 온 분이었다. 그분은 독일에 와서 겪었던 이야기를 차분히 하신다. 간호사로 와서 독일 병원에서 독일인들이 잘 하려 들지 않는 궂은 일만 도맡아 한 일, 독일에서 만나 결혼한 독일인 남편에게 구박받은 일, 그리고 새 사람을 만나 살기가 나아졌다는 것 등을 이야기하신다. 독일어로 이야기를 할 때 그분의 음성에는 나이가 실려 있지 않다. 참으로 이상한 일이다. 외국어로 말을 하면 음성에서 나이가 보이지 않는다. 그런데 갑자기 아나운서가 한국 전통 노래를 한 곡 들려달라고 그분에게 부탁한다. 머뭇거리다가 그분은 노래를 시작한다.

아리아리랑 스리스리랑 아라리가 났네

아리랑 고개 고개로 나를 넘겨주소……

갑자기 쉰이 넘은 어느 여자분의 목소리가 전파를 통해서 들린다. 외국어 안에 꼭꼭 갇혀 있던 나이가 갑자기 뛰쳐나와 그분의 목소리에 엉긴다.

아직도 아가인 사람의 마음 냄새

김혜순 선생의 시 「잘 익은 사과」를 발굴 숙소에서 읽는 일은 행복하다. 행복하고도 행복하다. 갑자기 세계는 둥글고 부드럽고 환하다. 발굴 숙소, 그 뙤약볕이 진창만창 난장거리는 그때, 점심을 먹고 다들 잠깐씩 쉬는 동안 나는 그 시를 읽는다. 사라진 촌락을 발굴하는 일은, 과거를 남겨진 유물로만 해석할 수밖에 없는 물질의 견고함을 믿는 이성에서 출발한다. 톰슨이 만든 시대 구분 모델인 구석기, 신석기, 청동기, 철기 시대는 다만 인간의 기술이 이루어낸 변형 물질을 토대로 성립된 것이다. 그러나 이런 시대 구분학은 그 시대를 살아온 사람들, 김혜순 선생의 표현대로 "아직도 아가인 사람의 마음 냄새"를 설명할 수 없다. 나는 발굴지에서 나온 철기나 청동기 부스러기들을 앞에 두고 선생의 시를 읽는 나만의 즐거움을 누린다. 이성을 사랑하나 이성만을 신뢰할 수는 없는 것이다.

울산바위

  울산에 있던 바위 하나가 금강산의 한 일원이 되기 위해 여
행길에 올랐다는 전설은 참으로 기이하다. 바위를 자의식을
가진 생명으로 여기는 생각의 배경에는 산수를 살아 있는 거
대한 복합체로 해석하는 상상력이 있다. 산수, 그 자체가 스스
로 움직이며 자기 모양을 만들어내는 것이다. 바위들이 산신
의 전언을 듣고, 금강산이라는, 당시에는 없던 산을 만들기 위
해 길을 떠난다. 일만이천 봉이라는, 금강산 산수에 대한 스테
레오타입이 된 기술을 믿는다면 일만이천 개의 바위가 스스로
움직여 거대한 여행을 하는 것이다. 없는 산수를 이루기 위해,
바위는 길을 떠난다. 바위의 길은 산수 창조 신화의 길이다.

쓰레기 고고학

쓰레기 고고학을 하는 사람들이 있다. 인간이 만들어내는 쓰레기만큼 생생한 고고학적인 유물은 없다. 고고학자들이 발견해낸 많은 유물은 사실 그 시대 사람들이 쓰레기로 여기고 버렸던 것이다. 예를 들면 행정 문서 같은 것들. 많은 행정 문서가 쓰레기 더미에서 발견된다. 이미 계약이 지났거나 계약이 파기된 문서들은 폐기 처분되어 쓰레기통에 던져진다. 쓰다 깨어진 토기들, 고장난 물건들도 마찬가지다. 썩지 않는 물질로 이루어진 물건들은 세월의 풍화 속에서도 살아남아 오늘날까지 전해진다. 쓰레기장은 옛 시대를 들여다보는 중요한 열쇠다. 가끔 쓰레기 하치장 옆을 지나면서 우리 시대가 끝나면 후세대 고고학자들은 우리들의 쓰레기장에서 무엇을 발견할지 궁금해진다. 플라스틱 시대라고 일컬어지는 우리 시대를 대표할 유물은 아마도 플라스틱 통이나 라면 포장지, 아니면 콜라 캔이 아닐까 싶다. 그리고 그 유물들을 보는 후세대 고고학자들은 아마도 그렇게 규격화되고 단일한 유물 모음에 감탄할 것이다. 어쩌면 우리들은 그 단일화된 유물 해석 끝에 동일한 규격의 생각만을 하는 시대인으로 해석될지도 모르겠다.

133

사진 한 장

기차를 타고 문상을 가는 길이다. 고인은 아직 마흔이 채 되지 않은 젊은 여성. 독일에 온 지 얼마 되지 않았을 때 그분은 나를 집으로 초대해서 따뜻한 밥을 먹였다. 정갈한 생선조림이 있는 밥상이었다. 그분의 집 벽에 붙어 있던 사진. 신혼여행 갔을 때 찍은 사진인 듯, 그분과 그분의 신랑은 유채꽃밭 속에서 환하게 웃고 있었다. 내가, 사진 참 좋으네요, 하자 그분은 살짝 웃으며 "제주도예요. 그때는 저도 좀 괜찮았지요" 하셨다. 그 사진 속의 남녀는 그러니까, 백년가약을 맺고서는 여행을 가고, 그 여행지에서 환한 사진을 찍었던 것인데, 하도 사진이 보기 좋아 내 마음속의 사진기에 그 사진을 다시 찰칵, 찍어두었다. 연락을 받고 문상 가는 기차 안, 나는 마음속에서 더듬더듬 그 사진을 찾았다. 내 마음의 눈은 그 사진을 들여다보고 있었다. 유채꽃밭, 환한 웃음, 터질 듯한 젊음. 시간은 우리를 데리고 어디론가 가고, 그 우리들 가운데 하나는 다시 오지 못할 곳으로 간다.

그리고 사진 한 장.

청금석

청금석은 이슬람 문명의 상징과도 같다. 푸른 그 빛은 생명의 빛으로도 불린다. 모슬렘 사원의 벽과 창은 흔히 청금석으로 장식되었다. 멀리서 그 빛을 바라보면 물이 귀한 그 지역에 물빛의 벽과 창이 서 있는 것 같다. 천연자원이 나지 않는 메소포타미아 지방에서는 기원전 4000년경에 벌써 동쪽과 무역을 하곤 했는데, 그 가운데 하나가 아프가니스탄 지방에서 나는 청금석 무역이었다. 무역은 육로로, 또 수로로 이루어졌다. 메소포타미아 지방의 명물인 천이나 곡식이나 말린 생선이나 원재료로 가공된 농기구 같은 것들을 팔고 청금석 같은 광물을 사들였다. 메소포타미아인들은 청금석으로 도장을 만들기도 하고 목걸이를 만들기도 했다. '우르'라는 지역에서 발견된 기원전 3000년경의 우르 왕들의 무덤에서는 청금석으로 장식된 악기와 무기가 발견되기도 했다. 청금석의 빛깔을 바라보면 모슬렘들이 말하는 대로 생명의 얼굴이 떠오른다. 아프가니스탄에서 전쟁이 극심한 지경으로 치달을 무렵, 나는 그 빛을 생각한다. 그곳의 많은 이가 그 빛을 떠올렸으면, 그 생명의 빛을……

통일 후

내가 일하고 공부하는 연구소를 이끌어나가는 사람은 두 분의 교수이다. 디터만 교수는 고대 근동 고고학을, 노이만 교수는 문헌학을 이끌어나간다. 두 사람은 똑같이 1953년생이고 동료이기 이전에 오랜 친구 사이다. 두 사람 다 베를린이 고향이다. 그러나 베를린이라고 똑같은 베를린은 아니다. 디터만 교수는 서베를린에서 자라 자유대학을 다녔고 노이만 교수는 동베를린에서 자라나서 옛 동독 지역인 예나에서 학업을 마쳤다. 디터만 교수가 자유대학에서 일을 하는 동안 노이만 교수는 동독 아카데미에서 일을 했다. 그러나 통일되기 이전에 그 두 사람은 이미 친구 사이였다.

두 사람이 만나서 우정을 맺게 된 곳은 지금은 상트페테르부르크라 불리는, 그러나 십 년 전만 하더라도 레닌그라드라

불리던 러시아에 있는 도시였다. 고대 근동 학자들은 매년 한 번씩 나라와 도시를 바꾸어가며 학술회를 여는데, 1984년에 바로 그곳에서 열렸다. 학술회니까 일 년 동안 각각 연구했던 연구 결과를 발표하고 토론을 하는 일이 우선이지만 빼놓을 수 없는 즐거움 중의 하나가 서로 만나는 일이다. 밤이면 여기 저기서 술판이 벌어지는 와중에 두 사람도 서로를 알게 되었 다. 함께 술을 마시고 독일의 분단 상황에 대해서 토론을 하다 가, 두 사람은 술이 거나하게 취한 채 레닌그라드의 밤거리를 어깨를 걸고 걸어갔다. 같은 베를린 출신이면서도 베를린에 서는 만나지 못했던 두 사람. 분단된 나라에서 온 젊은 학자 둘은 헤어지면서 누가 먼저라고 할 것도 없이 약속을 했다. 통 일이 되면 우리 같은 연구소에서 한번 일해보자. 너는 고고학 을, 나는 문헌학. 그 당시 독일이 그렇게 빠른 시일 안에 합 쳐지리라고 전망한 사람은 아무도 없었다.

그러나 독일은 1980년대에 이미 통일 준비를 하고 있었다. 동서독 학술 교류도 그 준비 중의 하나였다. 1980년대 중반을 넘어서면서, 동독 아카데미에서 일을 하면서도 노이만 교수 는 서베를린 자유대학에서 수업을 할 수가 있었고, 디터만 교수는 동베를린에 있는 박물관에서 유물 연구를 할 수 있었다. 그 당시 동베를린에 집이 있었던 노이만 교수는 서베를린에 있는 동료의 집에서 밤늦게 술자리를 벌일 수도 있었다고 한다.

통일이 되고 난 후 십 년 뒤, 두 사람은 같은 연구소에서 일을 하게 되었다. 디터만 교수가 부임하고 육 년 후에 노이만 교수가 뮌스터로 왔다. 함께 점심을 먹으러 가고 함께 연구소 살림을 의논하면서 그렇게 두 사람은 함께 늙어간다. 언젠가 나는 그 두 사람에게 이런 질문을 한 적이 있다. 그 당시 당신들을 이어주었던 공통 의식은 무엇이었는가, 라고. 두 사람은 빙긋이 웃으며 말한다. "분단은 길었지요. 하지만 분단 전의 세월은 더 길었지요. 분단 이전의 역사를 우리는 기억했습니다."

이방에서 낯선 사람들을
바라보기,
친해지기,
마음속으로 들어앉히기

○

1. 큰 도시에서 온 남자

이곳은 유프라테스강의 한 지류에 위치한 터키의 작은 마을.

낮이면 오십 도가 웃도는 날씨. 하늘에는 구름 한 점 볼 수 없었다. 건조하고 더운 바람은 나무가 없는 이 지역의 사방에서 언덕이나 석회암으로 이루어진 작은 산을 때리고 있었다. 발굴을 하려고 이곳으로 온 지 벌써 이틀이 지나고 있었다. 우리는 짐을 푼 후에도 날씨를 견디느라 사흘 동안 시달렸다. 우리는 독일학술연구회가 발굴을 위해 내준 차를 타고 일주일 동안 먼 길을 달려왔다. 독일에서 오스트리아를 거쳐 이태리와 그리스를 지나오는 동안, 우리는 낮에는 차 안에서 밤이면 낯선 여관에서 지칠 대로 지쳐 있었다. 그러나 두 달 동안의 발굴 기간을 앞에 두고 있는 터라, 마음대로 몸을 쉴 수가 없었다. 이곳에 도착하자마자 발굴 장비를 점검하고 발굴에 필요한 이것저것을 준비하느라 눈 한번 제대로 감아보지 못했다. 시장에 가서 삽과 낫, 흙을 퍼다 나를 고무 바구니를 사는 동안 시장 안에서 나는 냄새에 지쳐 숙소로 돌아오면 정해진 시간에만 나오는 물을 받아놓고 화장실조차 없는 이 마을에 화장실을 짓느라, 우리는 동분서주해야 했다. 아직 발굴 감시원이 나타나지 않아 발굴을 시작할 수도 없었다. 우리가 동분서주하는 동안 마을 사람들은 가끔 우리에게 차나 갓 구운 더운 빵이나 집에서 만든 요구르트를 가져다주었다. 이 마을 사람들이 낯선 사람을 대하는 방식은 참으로 특이했다. 우리가 마을에 들어온 지 하루도 지나지 않아서 그들은 우리에게 한 십 년 넘게 알고 지내온 친구를 대하듯 했다.

알튼이라는, 큰 도시에서 온 남자가 반바지 차림으로 저녁 아홉시 무렵 불쑥 숙소에 나타났다. 우리는 그를 기다리고 있었으나 우리 중 누구도 그가 언제, 어떻게 우리에게로 올지 알지 못했다. 그가 반바지 차림으로 발굴장 숙소 앞에 나타났을 때 우리는 놀란 눈으로 그를 바라볼 수밖에 없었다. 이곳은 터키 동남 지방, 남자들이건 여자들이건 아무리 더운 여름이라도 다리가 드러나는 옷을 입지 않는 곳이다. 더구나 이곳 남자들은 큰 도시에서 왔다고 하면 벌써 새눈을 하고 쳐다보는데, 그의 도발적인 옷차림 앞에서 우리는 적이 당황하고 있었다. 독일에서 이곳으로 일을 하러 온 우리조차도 맨살이 드러나는 옷 입기를 금지당하고 있는 터였다.

"알튼이라고 합니다."

눈썹이 짙고 검은 남자였다.

"이곳으로 오는 버스를 늦게 탔어요. 비행기가 늦게 도착하는 바람에……"

우리는 어색하게 그에게 손을 내밀었다. 그러곤 저녁은 먹었는지 물어보았다. 그는 아니라고 고개를 저었다. 숙소 부엌에 우리는 둘러앉았다.

우리 발굴팀에는 요리사가 따로 없었다. 아침 점심 저녁 모두 우리가 직접 끓여 먹었다. 부엌에는 작은 전기 화로와, 전기가 나갈 때를 대비해서 들여놓은 작은 가스 화로가 있었다. 발굴팀의 숫자에 맞게 컵과 접시, 숟가락과 포크가 있었다. 벽에 매달린 작은 선반에는 빵 바구니와 양념들이 들어 있었다. 발굴 숙소는 그 마을에서 결혼을 해서 분가를 나온 젊은 부부의 집이었다. 그들은 두 달간의 집세를 받고 우리에게 집을 비워주고 자신들은 그 옆에 있는 형님의 집에 가족을 데리고 가서 지내고 있었다.

'메넴'이라고 불리는, 토마토와 달걀을 섞은 음식을 누군가가 만들었다. 낮에 구운 빵을 식탁 위에 올려놓고 차도 끓였다. 그렇게 당혹스럽게 그는 나타났지만, 그가 와야만 발굴을 시작할 수 있었던 우리는 적이 안심하는 마음이 들 수밖에 없었다.

터키건 시리아건 이라크건 어디건 간에 외국인 발굴을 지켜보는 감시인이 박물관에서 도착해야만 외국인들은 발굴을 할 수 있었다. 감시인이 나타나지 않으면 발굴을 시작할 수가 없다. 미리 도착한 우리는 우리가 발굴할 곳을 청소하는 것만으로 벌써 사흘을 소비하고 있었다. 오자마자 이곳에서 가장 가까운 박물관에 우리가 도착했음을 신고하고 군대가 주둔하고 있는 경비소에 가서 또 신고를 하고 지역 경찰서에 또 신고를 하는 일도 그가 와야만 가능했는데, 감시인은 나타나지 않았다. 사흘이 지나고 난 뒤에야 저녁에 반바지 차림으로 불쑥, 그는 나타난 것이다.

"발굴을 시작했습니까?"

허겁지겁 달걀을 먹던 그가 우리를 향해 불쑥 물었다.

우리는 일제히 고개를 저었다.

"법이 까다롭기는 까다롭지요. 그래도 하는 수 없어요."

이 나라 사람들이 외국 발굴팀에게 발굴지를 내주는 것만으로도 사실은 고마운 일이었다. 그리고 그 나라에 들어가서 그

나라 법을 지키는 건 당연한 일이었으므로, 이런저런 불편함을 참을 수밖에 없었다.

그는 단방 우리가 터키어를 거의 할 수 없다는 것을 알아차렸다. 그는 아주 천천히 영어로 말하기 시작했다.

"영어, 나, 잘 못합니다. 터키, 어로 천천히, 하겠습니다. 내일부터, 당장, 일을, 시작하지요. 일꾼들은…… 이 마을 사람, 들입니까?"

우리는 그동안 우리가 발굴지에 도착해서 준비한 일들을 간단하게 들려주었다. 알튼은 접시를 깨끗하게 비운 후 한숨을 후, 하고 내쉬었다. 그의 빈 접시를 치우고 난 후 우리는 숙소 앞에 의자를 내놓고 함께 앉았다.

그는 주위를 한번 둘러보더니 여기는 참 시골이군요, 했다. 그동안 그가 지내온 큰 도시와는 무척 달랐던 모양이었다. 터키는 작은 나라가 아니었다. 그가 사는 도시는 이곳까지 버스로 하루가 꼬박 걸리는 거리에 있었고, 도시의 박물관에서 일을 하는 그는 오랫동안 이런 시골을 구경하지 못한 모양이었다. 불을 켜놓은 숙소 앞마당에는 전구 가까이로 모기가 구름떼처럼 모여들고 있었다. 회칠을 한 숙소 건물에는 벌써 금이 있었는데, 그 금은 이미 약간 입을 벌리고 있어서 그 안에

박쥐 새끼가 들어와 잠을 자고 있었다. 멀리서 개가 컹컹 짖었다. 팀장은 알튼에게 아직 화장실을 짓지 않았음을 알려주었다. 아닌 게 아니라 발굴 숙소엔 화장실이 없어서, 우리는 낮에 마을 사람들과 함께 화장실 짓는 공사를 벌였다. 우리 가운데 두 사람이 마을에서 한 시간쯤 떨어진 작은 도시에 가서 변기와 시멘트를 사가지고 왔다.

우리가 숙소 마당 앞에 둘러앉아 있는 것을 마을 사람들이 보았던 모양이다. 숙소 뒷집에 사는 페르한이 차를 가지고 우리를 방문했다가 맨다리를 드러내고 앉아 있는 알튼을 보고는 민망하다는 듯 얼른 집으로 돌아가버렸다. 알튼은 쑥스럽게 웃더니, 가방 안에 긴 바지를 준비해왔노라고 말했다.

"더운데 긴 바지를 입기가 싫어서…… 내일부터는 긴 바지를 입지요."

다음날 새벽 네시.

우리는 그야말로 당장 일을 시작했다. 내가 작업을 하는 곳은 유프라테스강에서 아주 가까운 곳이었다. 이곳의 유프라테스강은 이미 흐르기를 멈춘 지가 오래되었으므로 새벽이 되면 어김없이 물과 수초와, 양이나 사람들에게서 나온 오물이

한꺼번에 썩어가는 냄새가 났고 모기가 지천으로 몰려들었다. 알튼은 내가 일하는 곳으로 내려와 일을 함께하는 이곳 남자들에게 이미 말을 걸고 있었다. 나는 그 말을 잘 알아들을 수도 없었을뿐더러, 이제 발굴 일기를 시작하는 스케치를 준비하고 본격적인 발굴 전에 발굴을 시작한 땅 높이를 재야만 했으므로 그냥 그를 내버려두었다. 그는 이곳 사람들과 만나려고 애쓰는 중이었다. 그건 좋은 일이었다. 그가 이곳 사람들과 친해질수록 우리 역시 발굴을 함께할 마을 사람들과 친해질 수 있었다.

"호쟈, 금이 나오면 상을 줍니까?"

'호쟈'라는 말은 터키어로 '선생님'이라는 뜻이고 그들이 호쟈라고 부른 사람은 우리 발굴 팀장이었다. 팀장은 그 말을 한 사람에게 손을 흔들어 보였다.

"금이 나오면 그걸 찾아낸 사람이 발굴팀 전부에게 콜라를 내야지요. 금 캐는 행운이 아무에게나 옵니까?"

하하, 사람들은 웃음을 터뜨렸다.

발굴을 하면서 좋은 유물을 발견한 인부들에게 아랍어로 '박쉬쉬'라고 불리는 상금을 주는 일은 전세대 발굴장에서는 흔한 일이었다. 발굴장에 도굴꾼이 들끓던 시절이었다. 하루

일과가 끝나고 집으로 돌아갈 때쯤 그 시절 발굴팀들은 인부의 몸을 수색하곤 했다. 도굴을 방지하기 위해서였다. 그 시절 발굴팀은 권총도 항상 몸에 지니고 다녔다. 언제고 불쑥 발굴장을 습격하는 도둑떼에게서 자신을 지키기 위해서였다. 그러나 그때는 터키를 제외하고는 모든 오리엔트 지역이 유럽의 식민지였던 시절이다. 사실 유럽인들이 연구라는 미명 아래 발굴이 끝나고 난 뒤 유럽으로 가지고 간 유물들을 생각해보면 누가 정말 도둑인지 묻게 된다. 유물은 유럽인의 것도 아니고 오리엔트인들의 것도 아니다. 유물은 어디까지나 유물이고, 그 물건들을 만들고 사용했던 사람들은 이 세계에 남아있지 않다. 고고학이라는 학문은 그래서 현실 정치적인 상황에 민감한 것이다. 고고학의 사실이 현실 정치의 선전물이 되는 것을 우리는 자주 목격한다. 그 민족의 문화적인 자존심이라는 명목 아래 잘못 해석되고 이용되는 것이다. 이를테면 메소포타미아 지방에 살았던 수메르인들은 현재 그곳에 살고 있는 아랍인들과 아무런 혈연관계가 없으며 소아시아에 살았던 히타이어트인들은 현재 그곳에 살고 있는 터키인들과 아무 혈연관계가 없다. 고대부터 오리엔트 지방에 살아온 많은 민족은 세월이 흐름에 따라 해체되거나 다른 민족 집단에 흡수되

거나 사라진다. 그들이 지나간 자리에 또다른 집단들이 들어오고 그곳에서 살아간다. 사람들은 움직이고 살고 죽고, 또다른 사람들이 그 자리에서 살고 죽는다.

알튼이 나타난 후 이곳 남자들은 처음에는 그를 멀리하는 듯했다. 도시 물을 먹은 경건하지 못한 사람으로 취급하려는 분위기도 있는 듯했다. 그러나 그 분위기는 얼마 가지 않아 옅어졌다. 알튼이 자란 곳이 이곳 못지않은 시골이어서 그랬는지, 아니면 천성이 사람들과 어울리기를 좋아하는 탓이었는지 그는 마을 사람들과 쉽게 친해졌다. 그는 다시는 반바지를 입지 않았다. 긴 바지를 입고 마을을 돌아다녔다. 발굴이 끝난 오후에는 차를 마시러 마을 사람들을 방문하기도 하고, 마을 아이들과 강으로 낚시를 하러 가기도 하고, 요리사와 발굴 관리인이 없는 우리를 도와주느라 직접 시내에 장을 보러 가기도 했다. 저녁이면 우리들과 마주앉아 마을 사람들 몰래 맥주도 한잔 같이 마셨다. 아이들은 그를 좋아했고 우리들 역시 차츰 알튼이 좋아지기 시작했다. 저녁 늦게 우리가 발굴 기록을 정리하고, 내일 있을 작업을 준비하느라 분주하면 그는 마을 남자들과 어울려 축구를 보거나 차를 마시며 시간을 보냈다.

2. 헤르자만 챠이 이위 데일

압둘라에게는 아이가 여섯이었다. 그 가운데 가장 큰 아들의 이름은 모하메드이고 열두 살이다. 모하메드는 방학 동안 발굴장에 일을 하러 나왔다. 모하메드는 발굴장에서 일을 하는 모든 이들에게 차가운 물을 나르는 일을 맡았다. 팀장의 배려 덕분이었다. 그 아이에게 삽을 쥐게 해서는 안 된다는 그의 뜻은 참으로 고마운 일이었다.

압둘라에게는 칠면조가 스무 마리, 양이 스무 마리 있었다. 닭도 조금 있고 오이나 호박이나 고추를 키울 수 있는 밭도 조금 있었으나 아이들이 여섯이었으므로 언제나 집안 살림이 궁색할 수밖에 없었다. 발굴을 하지 않을 때는 인근 목화밭에서 목화 따는 일을 하며 가욋돈을 벌기도 했지만 아이 여섯을 키우기에는 턱없이 부족한 돈이었다. 인근 도시 무 공장에서 일을 하기도 했지만 역시 수지맞는 장사는 아니었다.

이 마을 사람들의 가계는 대개 압둘라네 집과 비슷했다. 누구는 트랙터를 가지고 있기도 했고 누구는 밭을 조금 더 많이 가지고 있기도 했지만 대개가 비슷했다. 모슬렘 가족을 빼면 말이다.

그 가족은 이 마을에서 제일 부자였다. 부자가 된 이력이야

알 수 없지만 밭도 제일 많고 인근 도시에 집도 서너 채 있어 마을에서도 위세가 당당했다. 그러나 그 가족의 아들들도 발굴을 도우러 나왔다. 누구나 일을 해야 현금을 만질 수 있으므로 당장 현금을 얻기 위해선 발굴을 하러 나오는 일은 그런 대로 수지가 맞는 장사였다. 마을 앞에 발굴지가 있으니 일을 하러 가기 위해 서너 시간 버스를 타는 일보다는 백배 나았고 임금도 괜찮았기에 마을 사람들 대개는 발굴 일을 하러 나왔다. 게다가 발굴지는 그들의 마을이었다. 처음 우리가 이곳에 발굴 작업을 벌였을 때, 발굴을 할 만큼 가치 있는 언덕이 있다는 이유 하나만으로도 그들은 즐거워했다.

압둘라는 따뜻한 사람이었다. 그는 가끔 자기가 기르는 닭을 잡아 흰콩을 넣고 죽을 끓여 아이들 편에 발굴 숙소로 보내오곤 했다. 우리에게는 아주 작은 냉장고밖에 없었으므로 차가운 물을 만들 얼음이 없다는 것을 잘 알고 있었던 그는 자주 알루미늄 종지에 얼린 얼음을 보내왔고, 계피를 많이 넣은 차를 보내기도 했다. 우리들이 그에게 줄 수 있는 것은 아스피린뿐이었다. 그는 자주 머리가 아팠다. 압둘라뿐 아니라 마을 남자들 모두가 두통을 고질병으로 가지고 있었다. 압둘라의 작은 아이들이 얼음이나 죽을 들고 오면 우리는 아이들 편에 아스피린을 보내곤 했다. 아스피린이 단방 약이긴 하지만 그 약이 이 세상 누구도 건질 수 없다는 건 누구나 잘 알고 있었다. 그러나 그것 말고 우리가 할 수 있는 일은 없었다. 그를 데리고 어디 큰 병원으로 가서 보일 여유가 우리에게는 없었다. 설령 그렇게 한다고 한들 이 마을에서 아픈 사람이 압둘라 하나만이 아니었으므로 우리는 눈을 질끈 감을 수밖에 없었다.

압둘라의 꿈은 아들 모하메드를 독일이나 다른 유럽에 있는 대학에서 공부시키는 거였다. 모하메드가 중학교에 다니면서 영어라는 것을 배우기 시작하자 그는 마냥 즐거워했다. 가끔 그는 모하메드를 우리에게로 데려와 이 아이가 정말 영어라는 것을 얼마나 할 줄 아는지 시험해보라고 했다. 갓 중학교에 들어간 모하메드가 할 수 있는 영어라는 게 고작 '스쿨' '보이' '워터', 잘하면 '아이 엠 모하메드'였지만 우리는 언제나 모하메드가 영어를 아주 잘한다고 그에게 말해주어야 했다. 그 잠깐 동안 그는 머리 아픈 것도 잊고 하하, 거릴 수 있었다.

이 마을 사람들은 모두들 마을을 떠나 도시에서 사는 것이 꿈이었다. 형제만으로 이루어진 집성촌에 살면서 썩어가는

강물을 바라보며 늦은 저녁에 차를 마시면서 평생을 보내다
보면 아무런 대책이 없기는 하되 마을 뜰 생각, 뜨고 싶은 생
각이 들게 마련일 터이다. 그들이 매일매일 마시는 차. 그 마
을 남자들은 하루에 스무 잔 이상의 차를 마신다고 했다. 마시
는 차와 그 사이에 고여 있는 시간은 마치 흐르지 않는 강처럼
여겨질 것이다.

저녁 무렵 발굴 숙소에 압둘라가 나타났다. 그는 터키 모카
커피를 작은 주전자에 가득 담아 들고 왔다. 그러곤 막 발굴
일기 쓰기를 끝낸 나를 향해, "헤르자만 챠이 이위 데일"이라
고 말했다. 나는 고개를 끄덕였다.

"언제나 차가 좋은 것만은 아니에요"라는 그의 말에 내가 고
개를 끄덕인 것이다.

"알튼은 참 좋은 사람이에요. 어제 모하메드랑 시장에 가서
교복을 사줬어요."

압둘라는 작은 찻잔에 담긴 커피를 단숨에 들이켰다. 그에
게 알튼은 자신이 매일매일 마시는 차가 아니었다. 먼 도시에
서 온 낯선 사람. 그리고 이제 더이상 낯선 사람만이 아닌 착
한 알튼은 가끔 마실 수 있는 커피처럼 향긋했다. 내일도 그는
차를 마실 것이다. 그러나 매일매일 마시는 차는 그냥 차일 따

름이다. 매일매일 마시는 물처럼 차는 지루했다.

3. 삽

알튼과 그 가족이 싸움을 한 것은 어쩌면 처음부터 예고되었던 일인지도 모른다. 거의 모든 사람들이 다 잊어버린 반바지 사건을 그 가족의 가장은 잊지 않고 있었으며, 마을의 다른 사람들이 그를 따르기 시작하자마자 그 가족은 알튼을 더 마뜩하지 않게 여기게 된 것이다. 알튼도 그 가족을 좋아하지 않았다. 말 많고 거들먹거린다는 것이 이유였다.

그날은 다른 날보다 바람이 조금 더 심한 날이었다. 우리는 언덕 제일 높은 곳에서 새 발굴을 시작하고 있었다. 그날은 그러니까 새 발굴이 시작된 지 닷새째 되는 날이었다. 언덕 제일 높은 곳의 발굴지에서 나온 먼지가 언덕 아래까지 자욱하게 내려왔다. 알튼은 아침에 발굴 감찰을 하고 있었다. 내가 일하고 있던 곳은 언덕 아래쪽. 그는 이제 막 우리가 발굴한 담장 아래에서 나온 도자기를 들여다보고 언덕 위로 올라갔다. 그가 언덕으로 올라가자마자 고함 소리가 들려왔다. 알튼의 목소리였다. 터키어에 이어 터키어보다 더 알아들을 수 없는 쿠르드어가 들려오기 시작했다. 나는 발굴한 도자기를 비닐봉지에 넣다 말고 언덕 위로 올라갔다.

모슬렘 가족의 아들 하나가 알튼을 향하여 삽을 들이밀고 있었다. 알튼은 그 앞에 목을 들이밀며 삽으로 내려치라는 시늉을 하고 있었다.

"이 도시 놈이!"

"야, 이 어린놈아, 도시 놈이고 시골 놈이고 간에 내가 너보다 나이가 많은데 어디 할 짓이라고!"

압둘라가 뛰어들었다.

"후세인, 삽 내려놔."

모슬렘 가족의 가장이 압둘라의 등을 후려쳤다.

"네가 간섭할 일이 아니야, 저놈이 먼저 사과를 해야 돼."

바람이 거세게 일기 시작했다. 그 바람 속에서 삽을 든 사람과 삽 아래 목을 내민 사람 그리고 그 꼴을 지켜보던 사람 모두가 먼지를 잔뜩 뒤집어쓴 채 긴장하고 있었다. 열일곱 후세인의 얼굴은 점점 모래로 뒤덮이고 있었다. 알튼의 목도 모래 먼지에 뒤덮였다. 모두들 그렇게, 그 순간 모래 미라가 될 것처럼 뻣뻣하게 서 있었다.

갑자기 후세인이 삽을 내던지고 우르르 울음을 터뜨리기 시작했다. 모슬렘 가장이 아들을 끌어안으며 알튼을 향하여 욕설을 퍼붓기 시작했다. 알튼이 수그린 고개를 빳빳하게 들고 내던져진 삽을 손에 쥐었다. 압둘라가 알튼에게서 삽을 빼앗았다.

그것으로 그날 발굴 일은 끝났다.

나는 발굴 숙소에 앉아 발굴 일기를 앞에 놓고 망연히 앉아 있었다. 도대체 오늘, 이 일기에 무엇을 기록해야 할지 알 수가 없었다. 알튼은 압둘라의 집으로 간 뒤 점심시간이 되어도 돌아올 줄을 몰랐다. 우리는 이른 점심을 먹은 후 허탈한 마음으로 각자의 발굴 일기를 덮고 차를 마시고 있었다.

갑자기 발굴 숙소 앞이 요란했다. 또 무슨 일이 일어났나, 놀라서 모두 문 앞으로 달려갔다. 군대 지프 세 대가 발굴 숙소를 향해 다가오고 있었다. 곧 지프가 숙소 앞에서 멈추고 그 안에서 무장한 군인들이 내리기 시작했다. 차에서 내린 군인들은 숙소를 에워싸기 시작했다. 알튼이 압둘라의 집에서 나와 발굴 숙소 쪽으로 오고 있는 것이 보였다.

소령이 발굴 팀장을 찾았다. 팀장이 그에게로 다가가 악수를 했고, 곧 알튼이 와서 두 사람 사이에 섰다. 팀장은 얼굴에서 표정을 지우고 있었다. 오해받을 수 있는 어떤 표정도 짓지 않을 작정인 것 같았다. 세 사람은 팀장의 방으로 들어갔다.

무장한 군인들은 아주 앳된 청년들이었다. 무장을 하고 나타난 까닭에 처음에는 말 붙이기가 힘들었지만 팀장 방으로 들어간 세 사람이 다시 밖으로 나오기를 기다리면서 우리는 그들에게 조심스럽게 차를 권했다. 군인들은 임무중이므로 차를 마실 수 없다고 했다. 임무? 그들도 말해놓고 웃었다. 여기는 시리아 국경하고 가까운 곳이므로 마을에 분쟁이 일어나면 군인이 해결한다는 말은 진작부터 듣고 있었다. 그러나 아무래도 그런 사소한 분쟁은 군인의 임무는 아닌 듯싶었다. 싸움을 한 두 사람이 마주앉아 풀면 될 문제를 군대 지프가 세 대나 출동한 사건으로 번진 것은 어쨌든 못마땅한 일이었다. 그러나 출동한 군인들은 친절했으므로 우리는 마음을 놓았다.

한참 후 팀장과 알튼 그리고 소령이 밖으로 나왔고, 그들은 팀장만 남겨두고는 군인들을 데리고 모슬렘 가족이 사는 집으로 향했다. 팀장은 쓴 얼굴로 우리를 바라보았다.

"내일부터 모슬렘 가족은 일하러 나오지 않을 겁니다."

4. 마지막 밤

알튼은 한동안 말을 하지 않았다. 모슬렘 가족은 이제 일을 하러 나오지 않았고, 우리는 다른 마을 사람은 쓰지 않기로 방침을 세우고 있었으므로, 발굴 일은 갑자기 다섯 명의 장정이 줄어든 채 느릿느릿 진행되고 있었다. 곧 일을 마감하고 독일로 돌아갈 날짜를 받아놓고 있어서 우리는 마음이 조급해지기 시작했다. 가끔 후세인이 먼발치에서 발굴 일을 지켜보고 있는 것을 뻔히 보면서도 우리는 그를 부를 수 없었다. 우리 모두 삽을 쥐고, 또 한편으로는 연필을 쥐고 동분서주하고 있었다. 발굴지 하나를 포기해야 했고 새로 시작한 발굴지는 계획했던 것보다 폭을 좁혀야 했다. 우리가 동분서주하는 동안 알튼은 마을 이곳저곳을 돌아다니거나 아이들을 모아 새 사냥을 하거나 박물관에 보낼 발굴 일지를 정리했다. 그사이에 우리는 서로 필요한 말 외에는 그와 이야기하지 않았다. 극성을 부리는 모기와 새벽이면 강에서 올라오는 냄새 때문에 잠에서 깨어났다. 매일매일 먹어야 하는 가지와 토마토는 바라보는 것만으로도 싫었고 햇빛에 다친 손등과 목덜미는 자주 아팠다. 압둘라의 아이들은 여전히 발굴 숙소를 부지런히 드나들며 얼음을 날랐고, 우리는 시내에 장을 보러 나갈 때면 아이들에게 줄 과자를 사는 것을 잊지 않으려고 애를 썼다. 나는 시내 문방구에 들러 만년필을 샀다. 독일로 돌아갈 때 마호메드에게 선물할 작정이었다.

마지막 지층 단면도를 그리는 것으로 우리의 발굴은 끝이 났다. 발굴한 도자기를 바구니에 담아 박물관으로 보낼 채비를 하고 알튼과 함께 박물관에 보낼 보고서를 작성했다. 다음 날이면 우리는 마을을 떠날 수 있었다. 그날 저녁, 압둘라의 큰형님이 우리 모두를 집으로 초대했다.

깨끗하게 치워진 마당에는 유도화가 만발하고, 손님을 맞이하느라 하루종일 부엌에서 왔다갔다했을 그 집 여자들은 낮은 촉수의 전구가 걸린 베란다에 모두 나와 서 있었다. 모두들 차름한 두건을 쓰고 있었다. 아마도 인근 도시에서 여자들의 아버지나 오빠나 남편이 사가지고 온 것이리라.

융숭한 대접이었다. 귀한 쇠고기에 수박과 과자를 곁들인 후식까지 나왔다. 마을의 큰 할아버지도 그 자리에 나와 우리가 먹는 것을 흐뭇하게 바라보셨다. 여자들은 곱게 단장을 하고 우리가 사진을 찍어주기를 기다리고 있었다. 사진기가 귀해서 사진 찍을 기회가 흔치 않았던 까닭에 여자들은 까르륵거리며 설레며 차례를 기다리고 있었다.

밤이 깊어서야 우리는 숙소로 돌아왔다. 내일이면 떠난다. 다들 냉장고에서 맥주를 꺼내와서는 마당에 둘러앉았다.

달이 뜬 밤이었다. 보름이 다 되어가는 무렵인지 달은 통통하게 물이 오르고 있었다.

알튼도 우리와 함께 그 자리에 앉아 있었다. 내일이면 이 마을을 떠난다는 사실이 우리 모두를 조금은 감상적으로 만들고 있었다. 그동안의 어색한 분위기를 덮고 우리는 알튼과 함께 웃고 농담도 했다.

어둠 속에서 누군가가 우리를 향해 다가오는 것이 보였다. 압둘라였다. 압둘라는 허둥거리며 뛰어오고 있었다. 알튼이 벌떡 일어났다. 알튼을 향하여 압둘라는 팔을 크게 저었다.

"전갈이 마누라를 물었어! 병원으로 좀 보내줘!!"

우리들 가운데 하나가 얼른 일어나 마당에 세워놓은 차에 시동을 걸었다. 알튼이 그 뒤를 따라 차에 올라탔다. 압둘라와 팀장도 함께 차에 탔다. 순식간에 벌어진 일이라 우리는 아직 손에 맥주 캔을 든 채 어쩔 줄을 모르고 있었다. 차가 시야에서 벗어나자 우리는 모두 털썩 의자에 주저앉았다. 마을 사람들이 하나둘씩 발굴 숙소 쪽으로 오고 있었다. 떠들썩한 소리에 모두 잠을 깬 모양이었다. 우리들에게 어찌된 일이냐고 물었지만 모르기는 매한가지라 우리는 어깨를 으쓱하는 수밖에는 없었다. 무작정, 차가 돌아올 때까지 기다리는 수밖에 없었다.

새벽 무렵에야 차는 돌아왔다. 그때까지 우리는 마당에 둘러앉아서 기다리고 있었다. 팀장이 내리고 알튼이 내렸다. 그때까지 기다리고 있던 마을 사람들이 알튼 주위를 둘러쌌다. 알튼은 그들의 어깨를 툭툭 쳤다. 별일 없을 거라는 뜻이었다. 압둘라와 압둘라의 부인은 벌써 집으로 돌아갔노라고 팀장이 우리에게 알려주었다. 압둘라 부인은 허벅지를 전갈에게 물렸으나 빨리 치료를 받아서 생명에는 별 지장이 없다고 했다. 우리는 한숨을 내쉬었다. 알튼이 마을 사람들을 돌려보내고 우리에게로 왔다. 울었는지 눈이 퉁퉁 부어 있었다.

"다 괜찮아질 겁니다. 내일, 우리는 떠날 거구요……"

그러고는 손등으로 눈을 비볐다. 팀장은 그에게 잠을 좀 자두라고 했다. 알튼은 잠자리로 돌아갔다. 압둘라의 부인이 무사하다는 소식을 듣고 우리는 깊은 안도의 한숨을 내쉴 수밖에 없었는데, 그 마음 가운데에는 벌써 정이라는 것이 든 흔적이 역력했다. 두 달 가까이 삽질을 같이 하면서 어느덧 마음이 서로 가까워지고 있었던 것이다.

모하메드가 나타난 것은 우리가 막 잠자리에 들려고 할 때였다. 아이는 새벽빛을 받으며, 손에 작은 봉지를 하나 들고 숙소로 왔다. 학교 가기 전에 꼭 들르려고 했던 모양이었다.

"어머니가, 계피를 좀 샀어요. 선물이에요. 계피를 찾으려고 창고에 갔다가 전갈에 물린 거예요…… 잘 가세요, 그리고 내년에 또 와요……"

잠을 통 못 잤을 텐데도 아이는 씩씩했다. 우리는 모하메드를 끌어안았다.

그래, 잘 지내라…… 내년에 우리가 이곳에 또 올지 장담할 수는 없지만 너를 잊지 않겠다고는 약속할 수 있다. 우리는 새벽빛을 받으며 집 쪽으로 걸어가는 모하메드를 오랫동안 바라보고 있었다.

베두인의 치즈

발굴지가 있는 '사무마' 라는, 시리아의 작은 마을 사람들은 우리들에게 가끔 실타래처럼 생긴 치즈를 팔러 왔다. 처음에는 정말 하얀 무명 실타래인 줄 알았다. 그런데 그게 치즈였다. 무명실처럼 마른 치즈를 만들어 실타래처럼 뭉쳐놓은 것이다. 소금물에 담가두면 몇 달이고 두고두고 먹을 수 있다고 했다. 그것은 사막을 떠돌아다니는 베두인의 음식 가운데 하나이다. 넓적하고 얄팍한 빵에다가 실타래를 끊어 올리고는 김밥처럼 뚜루루 말아서 먹는다. 오십 도가 웃도는 뙤약볕 아래에서 발굴을 하다가 쉬면서 빵과 함께 치즈를 먹는다. 마을 사람들이 가져다준 길고 얄팍한 오이를 씹으면서. 저 멀리 아직 내가 가보지 않은 사막 지역에는 이 치즈를 만들어 먹는 베두인이 돌아다닐 것이다. 어떤 이들은 몇천 년 전에 촌락을 이루고 그곳에 뿌리를 내리고 살았건만 그들은 아직 정주하지 않고 있다. 아마도 사막이 있고 그들의 양떼가 건재하는 동안은 그들은 정주하지 않을 것이다. 정주하지 않은, 아니 못하는 영혼들이 만들어내는 영혼의 실타래를 씹고 있는 것 같다.

내 마음속의 시장

'엔쉐데'라는 네덜란드의 국경 도시는 내가 살고 있는 마을에서 가깝다. 어느 날, 마음이 한없이 사나워져서 자갈치시장 같은 난장을 걸어다녀야만 마음이 풀릴 것 같은 날이면 차 있는 벗을 꼬드겨 엔쉐데로 간다. 내가 사는 마을에서 삼십 킬로미터쯤 떨어져 있는 네덜란드의 작은 도시. 75번 국도를 타고 달리면 나타나는 작은 도시. 전쟁으로 그곳도 많이 부서져 도시는 사십 년 전에 다시 태어난 것 같지만, 도시 중심가는 여전히 중세의 얼굴을 하고 있고, 그곳에 서는 어시장에 가면 많은 생선을 구경할 수 있고 생선을 직접 내 손으로 만질 수 있는 곳. 생선 머리와 뼈도 볼 수 있고 게도 구경할 수 있고 고동이며 소라도 구경할 수 있다. 어시장을 서성이며, 마음이 사나워질 때마다 그 옛날에 내가 보고 자랐던 쪽으로만 가려는 나를 생각한다. 무엇이 그렇게 그리워서 그곳으로 가려고 하는

지 알 수 없다. 시장가에 있는 카페에서 커피를 한잔 시켜놓고 오가는 사람들 사이에서 풍겨나오는 생선 냄새를 맡는다. 그 옛날, 내가 나를 책임지지 않아도 되었던 시절, 어머니와 함께 저녁 무렵이면 함께 시장으로 갔다. 그때 그 시장에서 어머니의 작은 지갑에서 나오는 돈이 어디에서 온 것인지 나는 몰라도 되었다. 그때 나는 사람들 사이를 오가는 그 생선 냄새를 맡았던 것. 내가 나를 책임지지 않아도 좋았을 무렵의 냄새……

바론 호텔

지금은 이류 호텔이지만 식민지 시절, 프랑스인들이 그곳을
어슬렁거릴 때는 아주 고급 호텔이었다고 한다. 프랑스 사람
들이 자신들의 구미에 맞게 지어놓고 식민지 주인으로서의 호
사를 누린 곳, 바론 호텔. 시리아의 알렙포에 있는 그 호텔에
는 그 옛날, 아라비아의 로렌스도 그곳을 다녀갔다. 지금은 유
프라테스 근처에서 발굴을 하는 세계 각국의 발굴팀이 들르
는 호텔이 되었다. 고고학 발굴팀들은 그곳에 묵지 않아도 발
굴 작업을 쉬는 날이면 그곳에 들러 진토닉이나 맥주를 마신
다. 저녁이 되면 작은 테라스는 사람들로 가득하다. 진토닉 한
잔을 시켜놓고 알렙포 시가지를 가득 메운 자동차 소음을 들
으며 사람들은 옹기종기 앉아서 발굴 이야기를 한다. 호텔 카
운터를 지키는 나른한 중년 남자도 테라스에 나와서 담배를
피운다. 식민지 시절은 지나가고, 그 시절의 흔적 그 자체로

관광지가 된 이 작은 호텔 테라스에서 나도 진토닉을 한잔 마신다. 테라스 앞에서 아이들은 담배를 팔려고 야단이다.

우울했던 소녀

사춘기 시절, 나는 뚱뚱하고 우울한 소녀였다. 뚱뚱하다고 사람들이 나를 쳐다보는 것이 싫어서 자주 구석진 곳에 숨어 있었다. 숨어 있다고 한들 뚱뚱한 나를 다 숨길 수는 없는 일이었다. 숨길 수가 없어서 어디에 갔다가 누가 뚱보라고 놀리면 나는 집으로 돌아와 어두운 곳에서 책을 읽었다. 책을 읽는데 누군가가 나를 부르면 그렇게 싫었다. 세상이 나를 부르는 소리는 내 뚱뚱한 실존을 드러내라고 채근질을 하는 소리 같았기 때문이었다. 누군가에게 놀림을 받아 마음이 쓰라릴 때면 나는 또 구석에 앉아서 단팥이 들어간 빵을 집어먹었다. 더 뚱뚱해질까봐 겁이 나는데도 먹었다. 빈속에 단맛이 들어가면 슬프고 외로웠다. 나는 그때마다 천장을 올려다보았다. 그때 그 천장을 올려다보던 마음이 내가 문학으로 가는 모퉁이였다. 나는 혼자였고 외롭고 누군가에게 끊임없이 놀림을 당하는 실존을 가졌다.

그것이 내 문학의 시작이었다.

가장자리에서부터
종이가 울었습니다

박준(시인)

수
경

선
배
에
게

○

　잉크를 선물받은 적이 있습니다. 만년필이 없던 당시의 저에게는 사실 쓸모가 없는 물건이었습니다. 잉크의 색은 산중山中이라 했습니다. 궁금한 마음으로 흰 종이에 잉크를 찍어보았습니다. 손톱 끝으로 살짝 묻혀 그어보면 산중은 봄에서 여름으로 넘어가는 색이었고 손가락 하나를 푹 담갔다가 그어보면 색은 여름에서 가을로, 그러다 더 깊은 가을의 산중으로 걸어들어가고 있었습니다. 가장자리에서부터 종이가 울었습니다.

　저는 그 잉크가 좋았습니다. 선물을 받은 일도, 계절이 지나는 산중 같은 잉크의 색도 좋았지만 제가 더욱 기뻤던 것은 그것을 제게 준 이가 문방文房을 좋아하는 사람이었기 때문입니다. 사람은 좋아하는 이에게 좋아하는 것을 건네는 법이니까요.

　저와 제 가족이 오래전 살다 나온 한옥집이 기억납니다. 낡은 그 집의 뒷마당에는 라일락나무가 한 그루 있었습니다. 제

방 창문을 열어 팔을 뻗으면 나뭇가지의 끝을 만질 수도 있었습니다. 그 나무는 저도 좋아했고 당시 키우던 고양이 홍이도 좋아했습니다. 홍이는 그 나무에서 하루 대부분의 시간을 보냈습니다. 가끔 아침에 일어나 창을 열면 홍이는 제 방과 가까운 가지 끝에 죽은 쥐를 올려두었습니다. 죽은 쥐를 냉큼 받아들지는 못했지만 그래도 매번 고마워했습니다. 선물이 분명했으니까요.

생각해보니 저도 그렇습니다. 유난히 독주를 좋아하는 저는 간혹 사람들에게 독주를 선물해왔습니다. 술을 즐겨 마시지 않는 이에게는 독주 대신 돌을 선물했고요. 단단하고 빈틈이 없다는 사실부터 술과 돌은 닮아 있습니다.

선배, 제가 돌절구를 보내드린 일이 있지요. 얼마 후 그것을 받은 선배는 "한참 들여다보고 만져도 보고 쓰기가 아까워서 보고만 있구나"라고 하셨고요. 콩이나 깨 같은 것을 찧고 빻으시라고 보내드린 것이 아니라 선배가 좋아서 보낸 것이었습니다. 사실 돌절구의 원래 값보다 선배가 계신 독일까지의 소포 값이 더 나왔는데, 영수증에 찍힌 숫자를 보며 웃었던 기억도 납니다. 그리고 이렇게 늦은 생색을, 그것도 아주 제대로 내고 있는 지금도 혼자 웃고 있습니다.

지난달 진주에 다녀왔습니다. 선배가 계시는 독일로 가고 싶은 마음을 진주에 가는 것으로 아주 조금이라도 대신하고 싶었습니다. 가장 먼저 진주중앙시장으로 갔습니다. 백년 가까이 장사를 해왔다는 시장통 식당에 가서 진주비빔밥을 먹었습니다. "점심으로 무엇을 먹었다고? 비빔밥? 비빔밥에는 김이 들어가야 하는데"라고 하셨던 몇 해 전 선배의 말이 저를 그리로 데려간 것입니다. 정말 비빔밥에는 김이 수북 들어 있었습니다. 다만 제가 상상했던 마른 김이 아니라 나물처럼 촉촉하게 무쳐진 김이었습니다. 그것을 신기해하고 반가워하는 저를 보았는지 식당 주인은 '쏙대기'라 부른다고도 말해주었습니다.

밥을 먹고 나서, 선배가 졸업한 고등학교에 갔습니다. 물론 학교 안으로는 못 들어가고 교문과 담벼락 사이를 걸으며 사람을 기다리는 사람의 표정을 짓다가 돌아왔습니다. 서울로 오는 길에는 선배의 시집을 다시 읽었습니다. 처음 먹어본 진주비빔밥도 학교 앞에서 한가하게 발을 옮기는 시간도 선배에게 받은 선물 같은 것으로 여겨졌습니다. 그래도 시만한 선물은 없었습니다. 다행스러운 것은 이 선배의 선물을 저만 받은 것이 아니라 세상의 사람들이 함께 받았다는 사실입니다.

그리고 이 세상을 살다가 조금 먼저 죽은 사람들도 받았던 것이겠고요. 고맙고 감사하다는 말을 드리고 싶었습니다. 고맙고 감사하다는 말 다음으로, 시간을 살며 써왔던 선배의 시와 글들이 선배 스스로에게도 가장 좋은 것이었을 거라는 말도 드리고 싶습니다. 사람은 좋아하는 이에게 좋아하는 것을 건네는 법이니까요.

"결국, 우리의 시들은 어딘가에 있는 당신과 사물과 그것을 담고 점점 짧아져가는 세계 속에서 탄생하고 시인으로부터도 마침내 독립할 것이기 때문에. 가이아의 것은 가이아에게로." 이 문장 역시 선배가 제게 주신 선물이었지요. 오늘은 같은 것으로 보답을 드리고도 싶습니다. 선배의 것을 선배에게로.

그대는 할말을
어디에 두고
왔 는 가

ⓒ허수경 2018

초판 1쇄 발행 2018년 8월 8일
초판 6쇄 발행 2021년 3월 12일

지은이 허수경
펴낸이 김민정
편집 김필균 도한나
디자인 한혜진
마케팅 정민호 김도윤 최원석
홍보 김희숙 김상만 함유지 김현지 이소정 이미희 박지원
제작 강신은 김동욱 임현식
제작처 영신사
펴낸곳 난다
출판등록 2016년 8월 25일 제406-2016-000108호
주소 10881 경기도 파주시 회동길 210
전자우편 nandatoogo@gmail.com **트위터** @blackinana **인스타그램** @nandaisart
문의전화 031-955-8865(편집) 031-955-3570(마케팅) 031-955-8855(팩스)

ISBN 979-11-88862-16-0 03810

○ 이 책의 판권은 지은이와 (주)난다에 있습니다.
○ 이 책 내용의 전부 또는 일부를 재사용하려면 반드시 양측의 서면 동의를 받아야 합니다.
○ 난다는 (주)문학동네의 계열사입니다.
○ 이 도서의 국립중앙도서관 출판예정도서목록(CIP)은 서지정보유통지원시스템 홈페이지
　(http://seoji.nl.go.kr)와 국가자료종합목록 구축시스템(http://kolis-net.nl.go.kr)에서
　이용하실 수 있습니다. (CIP제어번호: CIP2018018926)
○ 잘못된 책은 구입하신 서점에서 교환해드립니다.
　기타 교환 문의 031) 955-2661, 3580